高橋源一郎

だいたい夫が先に死ぬ

毎日新聞出版

まえがき、もしくは「これも、アレだな」というタイトルについて

こんにちは。読んでいただいてありがとう。もしまだこの本を買っていないのなら、買ってもらえるとうれしい。たぶん、損はさせないと思う。

これは、サンデー毎日に「これは、アレだな」というタイトルで連載をしているコラムをまとめたものだ。そのうちの最初の部分、46回分は、すでに2022年の初めに単行本にさせていただいた。次の本が出るということは需要があるということではないだろうか。よかったです。

「これは、アレだな」は、世界を「これか、アレか」に分け、その分断を前提にして、争い合う風景に嫌気がさしたことがきっかけで書きはじめた。

記念すべき1回目は、タレントの滝沢カレンさんの『カレンの台所』という料理本と、文豪・谷崎潤一郎の『美食倶楽部』という短篇小説があまりにも似ている件について書き、大きな反響を呼んだ（らしい）。この原稿がきっかけで、谷崎潤一郎の小説を読むようになった（「そういう小説」と自分は無縁だと思っていた）滝沢カレンファンを2人、滝沢カレンが出

る番組を見るようになった（タキザワナンチャラって、なんか軽薄なタレントでしょと思っていた）谷崎潤一郎ファンを3人知っている。見えない壁が突破されたのだ。世界の平和を2センチくらいは進めたのではないだろうか。

以来、世界中にバラバラに存在していて、なんの関係もない、と思われるものたちの身辺を調査し、そこに隠されている深い関係を発見する旅をつづけてきた。正直にいって、こんなにたいへんだとは思っていなかったです……。毎回のように、シャーロック・ホームズにでもなったような気持ちで、未解決の事件の謎を解いていったのだから。でも、わたしの、その小さな発見を、読者のみなさんが喜んでいると聞くたびに、やってよかったと心の底から思ったのだ。

2冊目の本書にも、豪華なメニューが揃っている。なんといっても目につくのは「戦争」関係のものだ。時節柄、仕方がないことなのかもしれない。「戦争」に関するものごとには、それと関わりの深い、よく似たものが、過去にいくらでも存在している。そりゃそうだろう。人間という生きものは、この地上に存在するようになってからずっと、「戦争」をやめたことがないのだから。「戦争」に関する「これ、アレ」なら、いくらでも書きつづけることができるだろう。でも、ほんとうのところ、そんな話題はないほうがいいに決まっているのだが。

ところで、本書の終わりの部分には、話題の新しいAI、「ChatGPT」くんも登場している。書きながら、来るべきものが来たという思いがつのった。もちろん、「これ」にも「アレ」はちゃんと登場している。楽しみにしていただきたい。

この「まえがき」を書くために、もちろん、すべての回を読み返してみた。気がついたのだが、この本の中には、人間の「誕生」から「死」に至るまでのすべての現象が登場している。そして古今東西のあらゆるジャンルの出来事が。そして、あらためて思ったのだ。人間というものはなんとおもしろいものだろう、と。そうか、わたしは人間の研究をしたかったのか。そういうわけで、そんな人間を研究する旅の途中経過である。とりあえず、これを書いているのは、「ＣｈａｔＧＰＴ」くんではなく、人間の高橋源一郎さんです。少なくとも、この本に限っては。

もくじ

装画　大嶋奈都子
装幀・本文設計　坂川朱音

だいたい夫が先に死ぬ

これも、アレだな

シン・「地球の歩き方」

海外旅行に際し、『地球の歩き方』（以下、「歩き方」と略します）にお世話になった読者も多いのではないだろうか。海外旅行に出かける人間にとって、特に「パッケージ」旅行ではなく、自分で目的地を選ぶ旅行者にとっては必携の本だった。もちろん、わたしもそうだ。

ちなみに「歩き方」の第1巻は1979年発売の「ヨーロッパ」（同時発売が「アメリカ」）で、わたしの手元には、その「ヨーロッパ」の平成元年版（1989～90年版）がある。毎年改訂され、この本が11版（冊）目だ。初版が512頁、増量に次ぐ増量の結果、832頁になった。実際の旅行者たちの協力の下、「歩き方」は毎年大幅に改訂し、新版を出しつづけ、それをわたしたちは持って成田から（時に羽田から）出かけたのだった。そして、「歩き方」は、ただの海外ガイドブックではなかった。

冒頭に、「旅立つ前に」と題して、「編集室」の文章が置かれている。いま読んでも実に格調が高く、情熱に溢《あふ》れたものだ。

「次のページに白地図がある。行ってみたい都市、ちょっと気になる街に○をつけて、太い線で結んでみよう。もうキミのヨーロッパ旅行のルートができた。

でも、この本をひと通り読んでごらん。そして、再びこの白地図に向かうと、今度はさっきと違う複雑なルートができているはずだ。でも、まだこれは本物ではない」

そして、「本当の旅の情報は旅のなかで仕入れていく」とつづき、「予定どおりすすんだ旅に強烈な衝撃はない」として、この文章は、次のことばで結ばれている。

「その意味でこの本はキミのガイドになりえない。ただ、まっさらな明日にとびこんで、そこでやり切れるという自信は与えてくれる。

とにかく走り出してしまえ。この本とともに終わる旅が、キミのなかに走る力があったということを確実に教えてくれるはずだ」

ただの「ガイドブック」ではなく、おそらく、「(人生の)歩き方」を学ぶ本として、このシリーズは作られたように思う。以降の「歩き方」では、どれも冒頭には、「編集室」からの(情熱に溢れた)ことばが掲げられた。

だが、少しずつ、「編集室」の姿勢は変わってゆき、手元の『地球の歩き方　フロンティア　102　イスラエル』では、冒頭の文章はあっさりしたものに変わっているし、「パレスチナ」のことには、ほとんど触れていない。このときには、もう、ただの「ガイドブック」になっていたのかもしれない。

やがて、時代も大きく変わった。いつの間にか、情報は「紙」ではなく、インターネットから、自分で取り出すものとなった。「歩き方」の必要性はなくなっていった。そして、とどめが今回の新型コロナウイルスだ。海外旅行そのものが出来なくなった。航空会社や旅行代理店がピンチなら、それ以上に、「歩き方」のようなガイドブックは大ピンチになったのである。

２０２０年、コロナ禍のさなか、「歩き方」シリーズは、初めての国内版「東京」編を出版した。これがなかなかおもしろくて、わたしは、この本を片手に、明治神宮を観光してみたぐらいだ。だが、この「東京」編が、旧「歩き方」シリーズの最後の刊行本となった。そして、この年、発行元がダイヤモンド・ビッグ社から学研プラスの子会社（地球の歩き方）に移されることが決まった。わたしが知っているのは、そこまでだった。「その後」、「歩き方」がどうなったのか、知らなかったのだ。

実は、学研プラスに「移籍」した後、２０２１年から「歩き方」の新シリーズ『**地球の歩き方W**』が始まっていたのである。

順に『Ｗ01　**世界２４４の国と地域**　１９７ヵ国と47地域を旅の雑学とともに解説』（いきなり、全世界ですか。初心に戻るって感じ?·）、『Ｗ02　**世界の指導者図鑑**　２０８の国と地域のリーダーを経歴とともに解説』（えええええっ?·）、『Ｗ03　**世界の魅力的な奇岩と巨石１**

39選　不思議とロマンに満ちた岩石の謎を旅の雑学とともに解説』（うーん、ちょっと見たいかも）、『W04　世界246の首都と主要都市　199の首都と47の主要都市を旅の雑学とともに解説』（最初の本と重ならない？）、『W05　世界のすごい島300　多彩な魅力あふれる世界と日本の島々を旅の雑学とともに解説』（もしかして、このシリーズ、雑学図鑑なんですか？）、『W06　地球の歩き方的！世界なんでもランキング』（もはや、旅とはなんの関係もない？）、『W07　世界のグルメ図鑑　116の国と地域の名物料理を食の雑学とともに解説本場の味を日本で体験できるレストランガイド付き！』（ミシュランに対抗？）、『W08　世界のすごい巨像　巨仏・巨神・巨人。一度は訪れたい愛すべき巨大造形を解説』（もしかして、横浜・山下公園の巨大ガンダムもある？）。

なんというラインナップだろう。かつて、「歩き方」シリーズにお世話になった者のひとりとして、その現状を知るべく、これら8冊を手に入れ読んでみた。その感想を書いてみたい。

ひとことでいうなら、わたしが読みふけった過去の「歩き方」とはまるでちがう。これらは、要するに、シン・「地球の歩き方」というしかない本たちだったのだ。

危惧したように、『世界なんでもランキング』は、単なる雑学本だった。しかも、あまりおもしろくない雑学……。強いていうなら「時間に正確な航空会社」のベスト3が「1・ガルーダ・インドネシア航空、2・コパ航空（パナマ）、3・スカイマーク」で、すごいなスカイマークと思ったとか、「インスタントラーメンをよく食べる国・地域」のベスト3が「1・韓国、2・ベトナム、3・ネパール」で、発祥国なのに日本が7位だったことにショックとか。

しかし、いまベストセラーになっている『**世界のグルメ図鑑**』は、美味《おい》しそうな写真とともにマカオ料理やブータン料理やアフガニスタン料理やアイスランド料理やモルドバ料理を日本で食べさせてくれるレストランが紹介されていて、これは素直にすごいと思うしかない。

しかし、もっとも衝撃的だったのは、なんといっても『**世界の指導者図鑑**』！

「第8代ブータン王国首相　ロティ・ツェリン」さんは「ジグメ・ドルジ・ワンチュク国家委託病院で外科と泌尿器科顧問医師を11年間務めた、ブータンを代表する**泌尿器科のスペシャリスト**」で「首相就任後も毎週土曜は医師として病院勤務を続けている」んだって！

「第11代サモア独立国首相　トゥイラエパ・ファティアロファ・ルペソリアイ・サイレレ・マリエレガオイ」さんは「20年以上にわたる長期政権では、**道路の左側通行、タイムゾーンの変更**などを行った」って。なんかいい国だなあ。

「第12代セルビア共和国首相　アナ・ブルナビッチ」さんは「セルビア初の女性首相で、同性愛者を公言する女性首相としては世界でふたり目。**任期中にパートナーの女医が男児を出産した**」って、この国も住みやすそうですね。

たかがヘア、されどヘア

安田理央さんの『ヘアヌードの誕生　芸術と猥褻のはざまで陰毛は揺れる』（イースト・プレス）は、いわゆる「陰毛」について、歴史の始原にまで遡《さかのぼ》って徹底的に考察した本である。たとえば、「陰毛」があるなら「陽毛」もあるのだろうか。毛に、陰も陽もないと思うんだが、それではいけないのか、とか。この本を読んでいると、いろいろなことが思い浮かぶ。「東京オリンピック２０２０」に関するニュースを耳にする度に昂進する嫌悪の情が、『ヘアヌードの誕生』を読むと洗い清められてゆくような気がするのだ。きわめて清冽《せいれつ》な思いに溢《あふ》れた本である。

安田さんによると、そもそも「表現」としての「陰毛」の起源は古代ギリシャに遡る。当時、全裸の男性（神）像はたくさんあり、「陰毛」もペニスも「写実的に作られてい」た。しかし、「女性の肉体は衣服で念入りに隠されていた」のである。それを打ち破ったのがプラクシテレスの作った「クニドスのアフロディテ」（紀元前4世紀）で、この像は、全裸で股間を手で隠していた。そして、いくら凝視しても（お行儀悪いけど）、「陰毛」はなく、ツルリとした無毛なのである。ちなみに、古代ギリシャ以前の文明では、豊穣《ほうじょう》多産の象徴として「陰毛」を含む性器部分は「逆三角形」としてはっきり表現されていた。なのに、いつの間にか、「陰毛」は排除されるようになったのである。

以降、西洋美術では、「二つの乳房（乳首）と股間の3ヶ所」は隠すべき部分となった。確かに、かの有名なマサッチオの「楽園追放」でも、善悪の知識の実を食べて楽園を追放されるアダムは性器丸出しで、イブの方は右手で乳房を隠し、左手で股間を隠しているのだ。もしかしたら、この絵、近々、性差別的だとしてアウトになるかも。というか、古典西洋美術、全滅しちゃうんじゃないか……。

さて、我が国での「陰毛」の扱いはどうなのか。

「そもそも日本人は裸体に興味がなかった……19世紀以前の日本人は、女性の肉体そのものに性的魅力を感じることはなかったし、それを美しいと感じることもなかった」ようだ。なので、春画といわれる性的な絵でも、裸ではなく着衣だし、性器も陰毛も精密に描かれていた。そういうわけで、そもそも裸体に魅力を感じなかったので、「男女共に裸体を晒《さら》すことに抵抗はなく、銭湯での混浴も自然なことだった」。

そんな日本が変わったのは、開国により海外の視線に晒されたからだった。「海外からの訪問者たちは『日本人は淫猥《いんわい》だ』と不快感をあらわにし」、その結果、混浴や春画の販売が禁止され、「裸体禁止令」が布告された。我々の性への意識が変わったのは「外圧」のせいだったのである。「陰毛ダメ」の意識もまた。

では「陰毛」のなにがダメなのか。というか、「性」に関して、なにが良くて、なにがダメなのか、その基準はどこにあるのか。実はそれ、１９５７年に決定されて、いまも変わっていないのである（ちょっと驚くけど）。

１９５０年、Ｄ・Ｈ・ロレンスの小説『チャタレイ夫人の恋人』（伊藤整訳）が摘発され、裁判になった。「猥褻《わいせつ》物頒布等を禁じた刑法１７５条が表現の自由を保障した憲法21条に反するかどうか」が争われ、最終的に１９５７年最高裁で有罪が確定した。このとき、最高裁は「猥褻の定義」を「徒《いたず》らに性欲を興奮又は刺戟《しげき》せしめ、且《か》つ、普通人の正常な性的羞恥《しゅうち》心を害し、善良な性的道義観念に反するものをいう」とした。これがいわゆる「猥褻３原則」である。もう一度書くが、これ、いまも変わっていません。

というわけで、「猥褻３原則」に反したと最高裁から認定された文章はどんなものだったのでしょうか。１９９６年の伊藤礼補訳による『完訳 チャタレイ夫人の恋人』（新潮文庫）から、削除されたものの一部をご紹介してみよう。

「ふしぎな従順な気持ちで彼女は毛布の上に横たわった。やがて、柔らかい、さぐるような、欲望をおさえきれないような手が彼女の顔をまさぐり、からだにさわるのがわかった。その手は彼女の顔を柔らかく、柔らかく、撫でた。それは無限の慰藉《いしゃ》と救いであった。そして最後に彼女は頬《ほお》に柔らかい接吻《せっぷん》を感じた。

彼女は一種の眠り、一種の夢の中に身じろぎもせず横たわっていた。すると彼の手が静かに、彼女の服の中を、不器用に間違えたりしてさぐってくるのを感じて、彼女はふるえた。しかしその手はまた、その場所場所で彼女の服を取りのけることを知っていた。彼は薄い絹の下着を、細心にゆっくりと下げていって彼女の脚から脱がせた。それから彼は強烈な喜びに身震いしながら、あたたかく柔らかな体に触った。そして彼女の臍《へそ》に短く接吻した。そして彼はすぐ彼女の中へ入っていった。彼女の柔らかい静かな肉体という、この世の平安の中に入らねばならないのであった。女性の肉体の中へ入って行くのは、彼にとって純粋な安らぎの瞬間であった」


えっ？　これが、「徒らに性欲を興奮又は刺戟せしめ、普通人の正常な性的羞恥心を害し、善良な性的道義観念に反する」ために、削除された部分なのである。マジですか……。

はっきりいって、たいへん優れた文章、馥郁《ふくいく》たる文学的香り漂う表現であろう。それが、なぜ「猥褻」と断定されたのか。言い訳としては、「現在では許されるが、当時の認識ではダメだった」ということになるだろう。しかし、この表現、「当時」でも、ほんとうにダメだったのだろうか。「ダメ」なのは、この判決を下した裁判官たちの読解力の方であり、そんな自分たちの読解力のなさを「普通人の正常」や「善良な道義」と結びつけ、強引に結論としたことなのではあるまいか。

安田さんは、さらに「陰毛」について論じつつ、「基準」と称されるものの曖昧さについて、あるいは、社会が許容するものの変化について書いてゆく。「陰毛」が許容されない社会で、「少女ヌード」が流行《はや》り、1980年代に「ロリコン雑誌」がブームとなった。なんと、信じられないことに、「少女ヌード」では「ワレメ」が無修正で写っていたのである。

「陰毛こそがヌードにおける猥褻の境界線だとしていた当時の風潮からすれば、陰毛がまだ生えていない少女の性器は猥褻ではない、という理屈がまかり通っていたのだ」

ロレンスの文章は摘発され、少女ヌードはOK。その一方で、かつて平気でテレビの画面に登場していた「おっぱい」が、次の排除の対象になった。地上波テレビで（ドキュメンタリーや医療番組を除いて）最後に「おっぱい」が放映されたのは2012年だそうである。いまや、コンビニで売られている雑誌に、無修正の（?）おっぱいは登場していない。

「そう考えると、かつて『公の場』と『そうではない場』の境界線が陰毛であったのが、乳首にまで後退したのだと言えないだろうか」

「基準」が不可解なのは「陰毛」だけではない。あらゆる場所に、誰も説明できないおかしな「基準」は存在している。もちろん、現在も。

筋肉対政治、最後の聖戦

「バズーカ岡田」こと、岡田隆さんとお話する機会があった。岡田さんは、日本体育大学准教授で柔道全日本男子チーム体力強化部門長。そして、有名なボディビルダーでもある。

その岡田さんと話したとき、三島由紀夫が話題にのぼった。ご存じの方も多いと思うが、青白い文学青年そのものだった三島は、ボディビルディングが日本に輸入されたその黎明《れいめい》期に、後に日本ボディビル・フィットネス連盟会長になる玉利齊《ひとし》（2017年逝去）に個人レッスンを受けた。そこから始まった三島の肉体鍛練は、ボクシング、剣道と続き、自ら監督・出演した『憂国』や、写真集でその裸を晒《さら》したのである。そして、鍛えぬいた肉体に制服を着せ、いまからおよそ半世紀前、陸上自衛隊市ヶ谷駐屯地に自ら組織した「楯《たて》の会」の同志と共に乱入、最後は切腹し、頸《くび》を刎《は》ねさせた。もっとも文学的な作家であり、同時にもっとも肉体を鍛えた作家でもあった。

ちなみに、ボディビルに熱中していた時代の三島由紀夫の「肉体」をご覧になりたいなら、映画『からっ風野郎』（1960年）がお勧めだ。この作品、名匠・増村保造《やすぞう》が監督し、三島が主人公のヤクザを熱演（！）。最初から最後まで出ずっぱりで、若尾文子《あやこ》や水谷良重《よしえ》とのラヴシーンもあるし、主題歌まで歌ってます（作詞が本人で、作曲が深沢七郎）。ここまでやった作家、空前絶後ではあるまいか。

ところで、『三島由紀夫の肉体』（山内由紀人　河出書房新社）には、三島が週刊誌にこんな一文を寄せたと書いてある。

「文壇ボディビル協会設立したし。会員を募る。キャシャな小説家に限る。会長を川端康成氏にお願いしたい。目下会員は小生一人。事務所は三島由紀夫方庭内ボディビル道場」

残念ながら、応募した小説家はひとりもいなかったそうだ（だよねえ）。半分冗談だと思われたのかもしれない。後の「楯の会」では、冗談だとは思わなかった若者が応募し、あの凄絶《せいぜつ》な結果になったのだが。

しかし、なぜ、三島由紀夫はボディビルや剣道に熱中したのだろうか。三島本人はその理由について「知性には、どうしても、それとバランスをとるだけの量の肉が必要であるらしい」（『三島由紀夫スポーツ論集』佐藤秀明編　岩波文庫「ボディ・ビル哲学」より）としているが、別の箇所では、こう書いている。

「女は身体《からだ》の真中に子宮があって、そのまわりにいろんな内臓が安定していて、そのバランスは大地にしっかりと結びついている。男は、いつもバランスをとっていないと壊れやすく極めて危険な動物です。したがってバランスをとるという考えからいけば、いつも自分と反対のものを自分の中にとり入れなければいけない（私はそういう意味で文武両道という言葉をもち出した）。

そうすると、軍人は文学を知らなければならないし、文士は武道も、というようになる。実はそれが全人間的という姿の一つの理想である」（同書「文武両道」より）

そういえば、バズーカ岡田さんに、ボディビルダーとしての三島由紀夫について訊《たず》ねると、岡田さんは「素晴らしいです。特に大胸筋が」とおっしゃった上で「ボディビルでいちばん大切なのは知性なんですよ」と付け加えられたのだった。なるほどなあ。三島の肉体は、知性によって鍛えられたものだったのだ……というようなことを考えたのは、ちょうど**アーノルド・シュワルツェネッガー**が出演していた『**ターミネーター　ニュー・フェイト**』（2019年）を観ていたときだった。

岡田さんがボディビルの道を歩むことを決心したのは、シュワルツェネッガーの『コマンドー』（1985年）を観たのがきっかけだそうだ。シュワルツェネッガーが、映画史上もっとも鍛えられた肉体の持ち主だったことはいうまでもない。1947年生まれのシュワちゃん、『ターミネーター　ニュー・フェイト』に出演したときには、70歳になっていたはずで、いまのわたしと同じ（！）。そのぶ厚い肉体は、Tシャツ越しでも健在だった。

そのシュワルツェネッガーは、そもそも「史上最も偉大なボディビルダーのひとり」だった。なにしろ「20歳でミスター・ユニバース」＆「ミスター・オリンピアで7度の優勝」という桁外れの成績を残し、それから映画界に進出、そちらでも大成功した。それだけでは飽き足らず、カリフォルニア州知事にまでなってしまったのだ。三島もそうだが、もしかしたら、「**文武両道**」ではなく、身体を究極まで鍛えると「**政肉両道**」を目指すようになるのかもしれない。

そんなシュワルツェネッガーの若い頃からの写真と発言を集めたムック本が『**アーノルド・シュワルツェネッガー　筋肉の神話**』（ジョー・ウイダー・グループ編著　森永製菓株式会社健康事業部）。ちょっとこれ、あまりにおもしろいので読みふけってしまった。

「たとえば、トレーニング中に筋肉に痛みを感じ始めるときがあるが、これは筋肉がやめてくれという合図を私に送っているわけである。だが、もちろん私はやめない。私はむしろ、この痛みをさらに積極的な経験として生かす。痛さ（ｐａｉｎ）は進歩（ｇａｉｎ）なのだ……**痛さから逃げてはいけない。むしろ痛さをより求め、それを超えることが大切なのだ**……筋肉は頑固だ。いまだかつて一度だっておとなしくしているのを見たことがない。いつも反抗する。彼らの武器は痛さである。しかし、この抵抗ラインを突破すればもうしめたものである」

なるほど、筋肉を相手にして一歩も退《ひ》かないのだから、政治家になって、どんな敵が現れても平気だってことなのか。

「ボディビルでは意志の力が試される。私は、人間の体がなぜこのように進歩に対して強く抵抗するのか。その自然の仕組みがどうしても理解できない。おそらく、これも適者生存、**より強いもののみが生き残るひとつの形**なのだろう。

私はボディビルにおける〝進化〟の道を突き進み、そして生き残っていく。なぜなら自分の筋肉が『ノー』と叫んだら、私の意志は『イエス』と答えるからだ」

これはもはや、ボディビルダーのことばではなく、政治家（独裁者？）のことばではあるまいか。「健全な肉体に健全な精神が宿る」のがほんとうだとするなら、ボディビルで鍛えられた肉体は「健全な肉体」ではないのかもしれないのだ。

ところで、「プーチン」で検索すると、「プーチン」「プーチン大統領」「プーチン　犬」「プーチン　身長」ときて、5番目に「**プーチン　筋肉**」が登場する、柔道8段で、トレーニング動画まで見られるあの人って……。

子供たちよ

2021年8月に公開された、映画『子供はわかってあげない』に、実は、わたし、出演させていただいております。申し訳ないことだが、セリフまである。役柄は、「善さん」と呼ばれる古書店の主人のおじ（い）さんだ。「団塊の世代」という設定になっているので、年齢的にわたしが演じても、なんの問題もないだろう。そして、ただの古書店の主人ではなく、千葉雄大《ゆうだい》さん演じる謎のお兄ちゃん（だけど性転換して、いまは女性）のパートナーでもある（らしい）。

「えええっ！」とショックを受け、引かれる読者も多いかもしれない。わたしも、この役をいただいたときには、もしかして雄大さんとラヴシーン……と思ったが、ご心配なく。なにもありませんから、大丈夫！

『子供はわかってあげない』は、田島列島さんのマンガが原作。監督は『南極料理人』や『横道世之介』や『おらおらでひとりいぐも』の沖田修一さん。わたしは、もともと原作を読んでいたので、出演を依頼されたとき、もちろん即答したのである。いや、別に雄大さんとのからみを期待したわけではありません。映画版は、マンガ版と大きな変更があるわけではないが、やはり映画らしく変えられているところも多い。原作では、ヒロインがはまっているアニメ（「魔法左官少女 バッファローKOTEKO」）があるという設定で、ほんの少し、それらしいシーンも出てくる。ところが、映画では、なんと冒頭でそのアニメが延々と出てくるのである。たぶん、映画館でこれを観た人の中には、まちがえて入ったと思った人も多かったのではないか。ほんとに贅沢《ぜいたく》だ。

それでも、この作品（マンガも映画も）、王道の青春ものだと思う。わたしが出ているから、というわけではないが、お勧めだ。

ヒロインは水泳部の高校2年生朔田《さくた》さん（上白石萌歌）。ある日、学校の屋上で、同じ高校2年の書道部男子、門司くん（細田佳央太《かなた》）と運命的に出会う。ちなみに、書道部だから「門司（もじ）」で、朔田さんの名前が「美波」なのも、水泳部だからなのか。ふたりとも、「KOTEKO」が好きな「アニオタ」同士というところが、いかにも今風だ。

朔田さんの家はちょっと複雑で、お母さん（斉藤由貴）は朔田さんを連れて再婚、そこで、父違いの弟も生まれている。その義父（古舘寛治）も弟もとてもいい人だ。家族には恵まれているといってもいいだろう。そんな朔田さんに、実の父からあるものが届く。なんと、ずっと会っていない実の父（豊川悦司が最高です）は、人の心が読める超能力者で、新興宗教の元教祖で、大きな問題を抱えているというではないか。会いたい。会って、真実を知りたい。そう願った朔田さんは、私立探偵をやっているという門司くんの「兄」（これが千葉雄大）に、調査を依頼する。でも、結局、自分でも調査をすることになる。いや、調査を口実にして、実の父と一夏を過ごすのである。

この映画の（もちろん、マンガも）、いちばん素晴らしいところは、長く別れていた父と娘が、少しずつ距離を縮めていくところだろう。ふざけているのかマジメなのかわからない豊川悦司がいい味を出していて必見。以前、原作を読んだとき、深い感銘を受けたのだが、もしかしたら、それは、わたしも、長い間別れていた娘と、彼女が高校生になってから会った経験があったからなのかもしれない。ほんとにあのときは、なにをしゃべったらいいのかわからなかったが。

それから、もう一つの見どころは、朔田さんと門司くんの距離が接近していくところ。これはもう、甘酸っぱさの極致。プルプルしながら見てもらいたいと思う。

ところで、『子供はわかってあげない』というタイトルを見れば、誰だって、『**大人は判ってくれない**』を思い起こすだろう。当然、原作者の田島さんの念頭にもあったはずだ。

この、**フランソワ・トリュフォー**監督の長編デビュー作で、青春（少年？）映画の傑作、いや、映画史に残る名作を、ほんとうに久しぶりに観た。最初に、というか最後に見たのは、高校2年のときだから（朔田さんや門司くんと同い年だ）、半世紀ぶり以上の間をおいて、である。そして、ほんとうに素晴らしいと思った。

実は、『子供はわかってあげない』と『大人は判ってくれない』には、大きな共通点がある。それは、今回、二つの作品を続けて観るまで気がつかなかったのだが、どちらの主人公も、母が再婚した「連れ子」で、義父と暮らしているのである。

『大人は判ってくれない』の主人公アントワーヌ・ドワネルは（作品中でははっきりとは言及されていないが、演じたジャン＝ピエール・レオとほぼ同じで、中学1年あたりだろうか）、学校では教師に叱られ、家に戻っても、共働きで疲れている母に叱られる。義父は優しくしてくれるけれど、アントワーヌは心から信頼しているわけではない。そして、この両親の仲は悪い。いや、それどころか、母親はどうやら浮気をしているらしく、その現場を、アントワーヌは見てしまうのである。

そんなアントワーヌは家の手伝いもする。けれども、母親はそんなアントワーヌを見ても誉《ほ》めるわけでなく、ただ叱るだけ。その背景にある事情は、やがてアントワーヌ自身の口から（精神科医に）語られるのだが、母親は結婚もせずに妊娠、産むつもりもなく中絶するつもりだった。だが、祖母のはからいで産むことになったのだ。育ててくれた祖母が年を取り、結局、母親に引き取られたアントワーヌは、望まれた子供ではなかったのである。「母親から拒まれた」子供であるアントワーヌはやがてぐれてゆく。ずる休みをし、休んだ理由はと訊《き》かれると「母親が死んだ」と答え、作文の授業ではバルザックの『「絶対」の探求』から丸写しして、教師の怒りをかう。けれども、アントワーヌが丸写しをしたのは、母親から誉めてもらいたかったからだった。

やがて、父親が勤務する会社に侵入してタイプライターを盗み、警察に突きだされたアントワーヌは、鑑別所に送られる。そして、母親は、はっきりと「もう引き取らない」と宣言する。一度捨てられた子供は、もう一度、今度は完全に捨てられるのである。

映画の最後は、鑑別所の仲間とサッカーをやっているとき、脱走したアントワーヌがどこまでも走りつづけ、やがて海辺にたどり着くところで終わっている。

この映画に出てくる大人たちは、誰ひとり、子供を理解しようとはしない。母親も義父も、居丈高な教師も。彼らにとって、子供は、「大人のいうことを素直に聞くべき」存在なのだ。

そして、もう一度、『子供はわかってあげない』を観るなら、この作品は、『大人は判ってくれない』と正反対であることがわかるだろう。ここに出てくる大人たちは、ほぼ例外なく全員、「子供を理解しようとしている」人たちなのである。だから、いいんだな。仮に、それがファンタジーであるにせよ。特に、いまのような時代には。

お（祖）父さんは総理大臣

作家の犬養道子さんは1921年に生まれて2017年に96歳で亡くなった。父親の犬養健《たける》は元々白樺《しらかば》派の作家だったが後に議員になり法務大臣も務めた。健の父は偉大な政治家で総理大臣在任中、1932（昭和7）年の「五・一五事件」で軍人に暗殺された犬養毅《つよし》だ。お祖父さんは総理大臣だったのだ。ちなみに道子さんの母方の曽祖父は、日本に公衆衛生の概念を持ち込んだ医師・長与専斎《せんさい》と維新の英雄のひとり後藤象二郎。なんというかもう、日本の超エリートお嬢様である。そんな道子さんは、戦後すぐ欧米に留学し、女ひとりで渡り歩いた。その記録が『お嬢さん放浪記』（角川文庫）（めっちゃおもしろいです）。この本の刊行は、あの、旅する若者のバイブル、小田実《まこと》の伝説的な『何でも見てやろう』の3年前の1958年。お嬢様だけど、いろいろすごい方なのである。

そんな究極のお嬢様の自伝的長編、『花々と星々と』（中公文庫）を読んでいると、ため息ばかり出てくる。父親は小説を書き、いつも、白樺派の友人たちと遊びに行ってばかりの生活だったので、他の子どもから、「なぜ、おとうさんはつとめに出かけんの」と訊《たず》ねられ、そのときまで、どの家でも、おとうさんは家にいて、本を読み「友達を集めて夜じゅう話をしてワァワァ笑うものだと信じていた」。ちなみに、その「友達」というのが、武者小路実篤や芥川龍之介や画家の岸田劉生で、岸田劉生からはいつも上手な絵を描いたハガキをもらっていたけど、オモチャ箱の底が割れて詰め物が必要になったとき、そのハガキをみんなズタズタに切って詰め物にしてしまったのだった。って、国宝級のお宝だったのに……。

さて、そんな道子さんは、「貴族の巣窟」学習院に入学させられる。というのも、野党最大の大物・犬養毅の教育方針が「犬養の家は、世々代々、野党であって欲しいから、そのためには正反対の貴族華族のどまん中に、子供をほっぽり出す」というものだったので。

さて、小学校に入学した初日、教官が道子さんにこう訊ねた。


「一ばん尊い方は？　はい、犬養さん」

「……トルストイ」それしか思いつかなかった。

「さあ、君ヶ代を歌いましょうね。何ですか、犬養さん」

「君ヶ代ってなあに」

「そんなこと！　言ってはいけないでしょう。ふざけてはいけないでしょう。ほら、君ヶ代です」

「だって、知らない」

すぐに担当の教官に呼ばれた父の健は道子さんにこういうのである。

「道ちゃんねえ、君ヶ代って、歌なんだ。節はあんまりよかあないけど、まあ、ひとつおぼえてみるか」

やがて、軍国主義が猖獗《しょうけつ》をきわめた頃、一身を擲《なげう》って総理大臣を拝命した犬養毅は、ラジオを通じて「侵略主義に反対する」と演説をした2週間後、テロに遭遇して命を落とす。その官邸は、道子さんの遊ぶ場所でもあったのである。そういう総理大臣とそんな家族のいた時代もあったのだ。戦前なのに、である。

『狼の義』（林新・堀川惠子　角川書店）は、犬養毅の伝記本だが、その中で評論家大宅壮一は「明治の政治的性格が、初期にさかのぼるほど、かえってよりリベラルであった」として、犬養毅・大隈重信・原敬《たかし》・高橋是清《これきよ》らの名をあげている。明治から戦前にかけて、実は、ある意味で現代よりも、原書を読み海外の事情を深く知り、海外に知己も多い政治家がたくさんいたのである。犬養毅が、亡命中の「中国建国の父」孫文の世話をしたことは有名だ。大宅が「別格の超オールド・リベラリスト」と呼ぶ古島《こじま》一雄は犬養毅の懐刀と呼ばれていたが、戦後、自由党の総裁になるよう請われたとき、老人だからと断って、戦時中、終戦工作に従事して、軍部に狙われた経験を持つ吉田茂を推薦したといわれている。そして、吉田茂は、総理大臣として長期政権を運営し戦後日本を作り上げた。その吉田茂の息子が、偉大な評論家で作家の吉田健一ということになる。吉田健一は、『父のこと』（中公文庫）で、政治家引退後の父について、こう書いている。

「父は英米風の読書家であるというのが、一番早道であるように思う。日本では文学者や学者でも、自分の専門に属する本だけを読んで、他はいわゆる修養書か、読物の類しか手に取らない風習があるが、英米では読書がダンスやゴルフと同様に、一つの日常的な行為になっていて、それだけに良書の基準もはっきりしているし、評判がいい新刊書はその分野の如何に拘らず、誰でもが読む。父は現在、主としてそういう英米の新刊書を読んでいて、殊勝なことだというよりも、外国にいる間に身に付いた習慣であるように思われる」

ちなみに、吉田茂は自由民権運動の闘士、板垣退助の腹心・竹内鋼《つな》の五男として生まれた。父が反政府陰謀に加わった科《とが》で逮捕されている間に生まれたそうだ。後に横浜の貿易商・吉田健三の養子になった。一度、学習院大学に入った後、東京帝大に転校。外交官になり駐英国大使などで活躍した。深く欧米文化を知る人になったのである。

吉田健一は、さらに父・茂の蔵書について触れ、空襲ですっかり焼けてしまったが、さまざまな本があり、その中には、（専門家である）「私自身が読んで面白く思った小説なども随分あった」としている。吉田茂は、アガサ・クリスティや英国のユーモア作家を好み、日本人作家では大佛《おさらぎ》次郎や岡本綺堂《きどう》を愛した。そんな、父であり総理大臣であった吉田茂の特徴を、その読書傾向から「良識」の持ち主であると断言した。

「文学に、文化に、日常生活という風に、もの事を細かく区切って考えずに、人間の世界、或は生活を一つの総体としてはあくするということは、要するに、良識ということに帰着するのだろうが、日本人の生活に良識が失われてから久しいような気がする」

その吉田茂は、息子・健一に「日本の現代作家の作品にはユーモアがない、ユーモアがないのは思想がないからだ」といったそうだ。

いや、犬養毅も吉田茂もたいした総理大臣たちだと思う。それは彼らの、孫や息子を見ても、よくわかるのである。

じゃあ、吉田茂の孫の**麻生太郎**は、って？

麻生太郎の母親は吉田健一の妹、ってことは、健一は伯父さんになるんだよね。

えっと、**『とてつもない日本』**（麻生太郎　新潮新書）は読みました。感想は……控えさせていただきます。

話題のブロガー、「セイ」

「ここから始まる。
私は自分の人生に飽きてしまった。死ぬほどつまらない。本当につまらないから、その気になれば死んでもいい。
中年、独身、子どもはいない。一人で住んでいる」

こんなふうに始まるので、読んでいる方は気が気ではない。

「つまらなくて死にそうだ。不安で死にそうだ。ムカついて死にそうだ。何か手を打たなければ」

では、どんな手があるのか。あった。一つだけ。大好きな「セイ」、「推し」の「セイ」、彼女のあとを追いかけて、彼女の国に行ってくるのだ。こう決心したのは、そのときアラフォー（38歳）のフィンランド人、**ミア・カンキマキ**さん。ところで、「**セイ**」って誰？

もちろん、「清少納言」ですよ！

『清少納言を求めて、フィンランドから京都へ』（末延弘子訳　草思社）を読んで、ほんとに驚いた。『枕草子』なら読んでたことはあったし（原文も現代語訳も）、「清少納言」のことなら知っているつもりだった。ところが、日本語もできず、『枕草子』のフィンランド語訳もないので、英訳で読むしかないミアさんに、「清少納言」のことを教えられたからである。

まずは、ミアさんは「清少納言」のことを「セイ」と呼んだ。まるで、長い付き合いの友だちのように。これは、時間（千年以上）も距離（1万キロ以上）も言葉（外国語）も離れていても、あっという間に近づくことのできる、素敵《すてき》な方法だ。実は、このやり方、わたしにも覚えがある。『論語』を現代語に訳したとき、これならできると思えたのは、孔子を「センセイ」と呼ぶことにしようと決めたときだった。ほんとうに不思議なことなんだが。

そして、ミアさんは、「セイ」のことばを読み、「セイ」のことを考えた。その結果、驚くべき事実に気づくのである。

ねえ、「セイ」、あんたたちって、年がら年中、歌を作って、送り合っていたよね。

「朝から晩まで歌、歌。もし、遠い世界の話のように感じられるなら、歌を『ショートメール』とか『ツイート』とか『フェイスブック』に置き換えるだけでいい。直接会って話したり、電話したりする時代がしばらく続いたけれど、今また、私たちはメール文化に生きている。ショートメール、Eメール、フェイスブックは、恋が生まれたり、自分のオフィシャルイメージが作り出されるときの決定的な鍵となるだろう。気の利いたショートメールを受けとったりしたら、返事はできるだけすぐに、同じ修辞法を使って返さなければならない」

確かにそうだ。しかも、それだけじゃない。『枕草子』には原本がない(!)。ただただ書き写されて広がっていったのだ。もしかしたら、途中で改変されている可能性も。それって、インターネットの宇宙の中で、いろんな人がコメントしたりして、いつの間にか中身が変わってゆくのと同じなのかも。少し前の(いまでもあるけど)、本の時代のあり方とはちがってね。

「セイ、刊行本の時代では、すべてがもっと明白だった。作品が印刷機から出てきたら、それは石膏像のように、完璧で完全で不変なもの……それは神の言葉であり、最終的な作品であり、作家とは関係なく自分の人生を生きはじめた作品だった……

でも、セイ、あなたと私の時代は、手で書き写した時代と、電子的に簡単に改変できる文章の時代では、最終的で完璧な作品の本質や意味は霧のように儚い」

考えれば考えるほど、「セイ」の時代とわたしたちの時代は近いのかもしれない。いや、「セイ」は、ずっと、あの頃から「生意気」だといわれていた。ライヴァルの「ムラサキ」から、「本当に自分のことしか頭にない人。利口ぶって漢字を書きちらしている」と書かれていたのだ。

「セイ」は、自由に生きて、好きなことを書いた。いろんな男性とセックスだってした。ミアさんは、だから、「セイ」は米ドラマ「セックス・アンド・ザ・シティ」のヒロインみたいだと書いている。っていうか、「セイ」は、某元首相が「組織委員会の女性は、みなさん、わきまえておられて」発言の際、沸き起こったハッシュタグ「わきまえない女」のご先祖様だったのだ。藤原道長だったら、そんな発言しなかったのにねえ。

日本を代表するブログの集まり**「アメーバブログ総合ランキング」**（2021年9月20日現在）を見てみると、上位五傑は以下の通りである。

（1）kosodateful な毎日～オギャ子の暴走～……オギャ子
（2）栄養士ママそっち～の簡単美味しい♡サイクル献立……そっち～
（3）おうちと暮らしのレシピ～ HOME&LIFE……yuki（ドキ子）
（4）「吉田さんちのディズニー日記」……吉田さんファミリー

（5）100均・カルディ大好き！食いしん坊☆きらりん☆のブログ……☆きらりん☆

ちなみに、ここに登場しているのは全員女性で、全員本名ではなく、全員ペンネーム。

ところで、「セイ」の時代、女たちは本名で書くことはできなかった。えっ？ミアさんが、特に関心を抱いて書いているように、「清少納言」という呼び名は、「少納言」の位に（おそらく）誰か男性の親戚がいる、「清原一族」の女、という意味しかない。他の優れた女性作家たちも同じ。『蜻蛉日記《かげろう》』の「藤原道綱母」や『更級日記《さらしな》』（だけではなく、おそらくは『浜松中納言物語』や『夜の寝覚《ねざめ》』も）の「菅原孝標女《たかすえのむすめ》」も、本名はわからない。もちろん、「紫式部」も、『源氏物語』のヒロインと父親が勤めていた式部省にちなんだ呼び名だった。っていうか、「道綱母」って、いまの保育園でいう「ミチツナくんママ」と同じ扱いですよね。

「アメブロ」の中で、現代の「セイ」たちは、息子が勝手に高額な机にシールを貼っているのを発見して「けしからん！」と嘆き、「バルサン」して、大量のダニを駆除して「すがすがしい♥」と呟《つぶや》き、「ひとつあると便利だと思うもの」をリスト化してくれる。「かわいいのがお好きな方」には「ドロップショルダー×ぽわん袖！」、「きれいめコーデがお好きな方」には「ボートネックバスクカットソー！」だって。

「セイ」、どうですか。あなたの子孫たち、頑張ってると思いませんか。

見えなくっても大丈夫

「目が見えないにもかかわらず、年に何十回も美術館に通うひとがいる。そんな全盲の美術鑑賞者・白鳥建二《しらとりけんじ》さんのことを知ったきっかけは、友人が発したこんなひとことだった。『ねえ、白鳥さんと作品を見るとほんとに楽しいよ！　今度一緒に行こうよ』」

そういうわけで、ノンフィクション作家・川内有緒《ありお》さんが、白鳥さんと美術館めぐりを開始する。その顚末《てんまつ》を書いたのが『目の見えない白鳥《しらとり》さんとアートを見にいく』（集英社インターナショナル）だ。

しかし、川内さんは考える。

「目が見えないひとが美術作品を『見る』って、どういうことなんだろう」

誰だって、そう思うよね。

「触ってみる？　それとも体験型の作品？　……オーラを感じるとか？　はたまた超能力の領域？……そんなわけないか」

わからない。まったく。だいたいの人は、目の見えない人と一緒になにかをした経験がないからだ。

美術館に着いた川内さんは、友人にいわれるまま「**アテンド**」してあげることから始める。

「あたふたしながら白鳥さんの横に立った。すると彼は『じゃあ、お願いします』と言い、わたしのセーターの肘部分にそっと手を添え、半歩後ろに立った。こうすることで、白杖がなくても正しい方角に歩いていけるらしい。内心、ちょっとドキドキした。全盲のひとをアテンドするのは初めてだったし、自分の周りには視覚障害者はほとんどいなかった」

このとき、川内さんは、「冒険」がもう始まっていることに気づいていなかったのだ。

「白鳥さんとの美術館をめぐる旅」の記念すべき1枚目は、ピエール・ボナールの「犬を抱く女」で、白鳥さんと川内さんと友人のマイティは絵の前に立つ。

「じゃあ、なにが見えるか教えてください」

この瞬間、川内さんは「稲妻のように理解した」。

「そうか彼は『**耳**』**で見る**のだ」！

白鳥さんに向かって、川内さんとマイティが絵を説明してゆく。ところがなんと、ふたりの説明が違うのである。

川内さんが、ひとりの女性が犬を抱き、その犬の後頭部を見つめている、たぶん、犬にシラミがいるのかどうかを見ているのだ。そういうと、マイティは、この女性はなにも見ていない、たぶん、食事中に考えごとを始めて、食事が手につかないのじゃないか、というのである。次の風景画でも、同じようなことが繰り返される。川内さんが、気持ちがいい絵だ、この村に行ってみたい、というと、マイティは、気持ちが悪い、描かれている女性の表情も怖い、という。川内さんは、びっくりする。風景に見とれて、女性のことをほとんど無視していたからだ。

同じ一枚の絵なのに、まったく違う絵のように感じるふたり。そして、その違う意見を、じっと聞いている白鳥さん。

こうやって始まった、さまざまな美術を、全盲の人と一緒に「見る旅」を通して、川内さんは、自分の常識がどんどん壊されてゆくのを感じるのである。

「最初は、作品のディテールを言語化することで、自分の目の『解像度』が上がるような感じがした。そして、目が見えない白鳥さんとわたしが『お互いがお互いのための装置になったみたいで面白いな』と感じた。せっかくだからもっと一緒に作品を見れば新たな発見があるだろうと思った。

実際に発見は多かった。

わたしたちは、白鳥さんの見えない目を通じて、普段は見えないもの、一瞬で消えゆくものを多く発見した。流れ続ける時間、揺らぎ続ける記憶、死の瞬間、差別や優生思想、歴史から消された声、仏像のまなざし、忘却する夢――。

そのゆっくりとした旅路の道中で、幾人ものひとがこの美術鑑賞というバスに乗り込み、流れ続ける景色を一緒に見てきた」

白鳥さんが、特に好むのは、わかりにくい、そして、さまざまな社会問題にも切り込む現代美術だ。たぶん、白鳥さんと一緒でなければ、見に行くことはなかったものばかりだ。そして、仮に行ったとしても、白鳥さんがいなければ、絶対に、そんなに深く「見る」ことはなかったのだ。だとするなら、川内さんは、白鳥さんを助けていたのではなく、逆に、白鳥さんに助けられていたのかもしれない。

「手曳《てび》きをする時佐助は左の手を春琴の肩の高さに捧《ささ》げて掌《てのひら》を上に向けそれへ彼女の右の掌を受けるのであったが春琴には佐助というものが一つの掌に過ぎないようであった」

日本文学史に輝く、**谷崎潤一郎**の傑作『**春琴抄**』は大店《おおだな》の娘で盲目の春琴と、彼女に忠実に仕える佐助の物語。佐助は13歳で奉公にあがり以来ずっと四つ年下の春琴の「**手曳き**」をする。川内さんが白鳥さんの「アテンド」をしたように。ただ美術館で「アテンド」をしただけで、川内さんは、目も眩《くら》むような体験をする。でも、佐助はもっとすごい体験をするのである。やがて、佐助と春琴は、ほぼ夫婦同然の暮らしをするようになった。だから、起居すべてを佐助の「アテンド」にまかせたのだ。

「お師匠様は厠《かわや》から出ていらしってても手をお洗いになったことがなかったなぜなら用をお足しになるのに御自分の手は一遍もお使いにならない何から何まで佐助どんがして上げた入浴の時もそうであった高貴の婦人は平気で体じゅうを人に洗わせて羞恥《しゅうち》ということを知らぬというがお師匠様も佐助どんに対しては高貴の婦人と選ぶところはなかった」

佐助は、主人であり、また憧れの対象でもある、盲目で美貌の三味線の名手・春琴に全身で仕える。全身で「アテンド」するのである。

やがて、恨みを持つ者に襲われ、熱湯を浴びせられ「物凄《ものすご》い相貌」になった春琴の思いを察して、佐助は自ら目に針を刺して盲目になる。愛する者の顔を「**見ない**」ためである。

「佐助は今こそ外界の眼を失った代りに内界の眼が開けたのを知り嗚呼《ああ》これが本当にお師匠様の住んでいらっしゃる世界なのだこれで漸《ようよ》うお師匠様と同じ世界に住むことができたと思った」

これは、深い愛情の物語ではあるけれど、いま読むなら、「見えない」者を「アテンド」

することで、世界のほんとうの美しさを「見る」ことになる、という物語にも思える。いま大きな話題になっている、ケアやエンパワーメントにもつながる話のような気もした。

わたしたちは、盲目の人よりも「見えていない」のかもしれない。他のあらゆる能力においても、また。

役に立ちませんが、それがなにか？

毎年、この時期（9〜10月）になると楽しみなイベントがある。世界最高の科学の祭典、**「イグノーベル賞」**である。気をつけなければならないのは、同じ時期に、これとよく似た名前の賞も開催されていることだ。「イグ」をとっただけの**「ノーベル賞」**。だいたいネーミングが安易すぎる。それに、その「ノーベル賞」とやらは、受賞すると、一斉にマスコミがとりあげ、「国の名誉」などと書き立てる。そこも胡散《うさん》臭い。それに比べ、本家「イグノーベル賞」は、研究の中身もテーマも、科学の本質を深く追究したものに贈られていて、ワクワクするではありませんか。

『ヘンな科学〝イグノーベル賞〟研究40講』（五十嵐杏南《あんな》著　総合法令出版）には、そんな「イグノーベル賞」の優れた研究がいくつも掲載されている。

その中でも、わたしが特に感銘を受けたものを、いくつかご紹介しよう。まず、「**なぜバナナの皮を踏むと滑るのか？**」の研究である。確かに、わたしたちは生まれてからずっと「バナナの皮を踏むと滑る」と教えられてきた。北里大学の**馬渕清資**《まぶちきよし》名誉教授は、あるとき、ほんとうに「本当にバナナの皮の滑りの良さを調べた人がいるのか気になっていた」。こういう、誰もが当たり前だと思っていることが「気になった」人こそ、真の研究者になれるのだ。

馬渕先生の調査によれば、「実際に測った研究は見当たらなかった」。だとするなら、自分がやるしかない。かくして、馬渕先生は、「バナナの皮の滑り具合」の研究を開始したのである。ちなみに、馬渕先生の専門は「人工関節」で、「関節の滑りの仕組み」を深く研究されていたのである。さまざまな実験の結果、「靴と床の摩擦係数が0・412だったのに対して、バナナの場合は0・066と、約6分の1の値だった。つまり、普通に靴で床を歩く時よりも、バナナの皮を踏んだ時は5〜6倍滑りやすくなる」ことがわかったのだ。馬渕先生によれば、「もし平坦な床面にバナナの皮が落ちていて、それを知らずに踏んだら、100%転倒します。転倒事故による頭部外傷の死亡率は50%」なのだそうだ。なんとおそろしい。この研究が、軍事転用されないよう祈りたいと思う。

同じ物理学賞では「**ネコは液体か?**」という研究にも驚かされた。もう一度、書く。「ネコは液体か?」である。この問題を研究したのは、フランスの物理学者**マルク・アントワンヌ・ファルダン**先生である。

確かに、ネコはボウルやガラス瓶、箱に至るまである程度の容積の入れ物に、ぐにゃりと変形してすっぽり入りこむ。無理に変形せずとも、もっと広い場所にいればいいと思うのだが、それは浅はかな人間の考えにすぎない。とはいえ、いくらなんでも、ネコが液体なんてことはないでしょ。わたしはそう思った。ところが、である。

なんと、流体力学の考え方でいうと、ネコは液体なのである。マジですか！

ちなみに、この説明は、あまりに専門的すぎてよくわからないのだが、物質が変形するまでの「緩和時間」と、固体か液体かを区別するとき使われる「デボラ数」という数値を算出してみたところ、次のことがわかったのである。

「デボラ数を計算したところ、ネコが小さな箱に入りこむ時はそこまで時間をかけずにきれいにはまるので、定義上は液体の性質を持つと言える。水を張った風呂に入れようとした場合は、なるべく容器（風呂）との接触を最小限にとどめようとする（単純に入りたくないから抵抗する＝時間がかかる）ため、固体のような性質を示す、との結論に至った」

ネコは液体でもあり固体でもあったのだ。そういえば、酔っぱらいもよく椅子から滑り落ちたりするが、あのときは液体になっているのだろうか。このあたりの研究も望まれるところだ。

さて、わたしがもっとも感銘を受けたのは、２０１５年の**生理学・昆虫学賞**（ちょっと変わった分類ですね）を受賞した研究である。

「1人は、自ら様々な種類の昆虫に刺されながら、虫刺されによる痛みの指標を開発したジ

ヤスティン・シュミット研究員（当時アメリカ農務省の研究機関所属）。もう1人は、ミツバチに自身の体のあらゆる部分を刺させ、刺される箇所ごとの痛みの度合いを評価した**マイケル・スミス**さん（当時コーネル大学大学院生）だ」

読んでいるだけで痛くなってくる……。だが、このような、研究者の献身と犠牲なくして、科学は発達しないのである。

いずれも感銘深い研究だが、とりわけシュミット先生のものがすさまじい。先生は虫刺されによる痛みを5段階の「シュミット刺突《しとつ》疼痛《とうつう》指数《しすう》」として定義している。0から4の5段階である。その中でももっとも痛い「4」と評価されているのは3種類のハチだそうだ。その詳細コメントは以下の通り。覚悟して読んでください。

「拷問そのもの。火山の流れの中に、チェーンでつなぎとめられたような気持ち。私はどうしてこの指標を作りはじめてしまったのだろう」

「盲目的、凶暴、感電並みのショック感。バブルバス（泡で楽しむ風呂）の中にスイッチの入ったヘアドライヤーが落ちたようだ。天罰の一撃。横になって、叫べ」

「ピュアで、強烈で、ギラギラと輝く痛み。燃え盛る木炭の上を、長い錆《さ》びた釘がかかとに刺さったままの状態で歩くような感触」

どうだろうか。この豊かな比喩は、ワイン評論を文学にまで高めたロバート・パーカーを思わせる。生理学・昆虫学賞だけではなく、イグノーベル文学賞もあげてほしい……。

アインシュタイン、ゲーデル、ノイマン、オッペンハイマー、ダイソン等《ら》が集い「学者の天国」と呼ばれたプリンストン高等研究所の設立者、エイブラハム・フレクスナーは、1939年、雑誌「ハーパーズ・マガジン」に「役に立たない知識の有用性」というタイトルのエッセイを発表した。科学史に残る名エッセイだ（『「役に立たない」科学が役に立つ』〔東京大学出版会〕に収められている）。この中で、フレクスナーは『有益さ』という概念があまりにも狭くなり、人間精神の、自由で気まぐれであるがゆえの可能性を許容できなくなっているのではないか」と警鐘を鳴らした。そして、「後に人類にとって有益だと判明する真に重大な発見のほとんどは、有用性を追う人々ではなく、単に自らの好奇心を満たそうとした人々によってなされた」としている。

ガリレオ、ベーコン、アイザック・ニュートンからアインシュタインに至るまで、そうだったのだ。ちなみに、このとき、現在、わたしたちが使っているGPS装置はアインシュタインの特殊相対性理論がなければ作られなかったことを、フレクスナーは知らなかった。「役に立たない」と思われるものこそ「役に立つ」。それは、研究だけではないのだが。

日本の中心はシブヤ！

いま、渋谷はたいへんなことになっている。渋谷駅を中心にずっと工事が続いていることは、東京近郊にお住まいの読者なら、よくご存じのことと思う。とにかく、渋谷の景観はどんどん変わっている。いつになったら終わるのかわからない（完成予定は2027年だそうだ）。

わたしは鎌倉に住んでいるので、上京するときは湘南新宿ラインに乗る。渋谷まで直通で便利なのだが、その横須賀線（湘南新宿ライン）のホームが南口付近にあって、そこからハチ公前やスクランブル交差点方面の改札口まで異常に遠かった。ところが、ホーム改造工事が終わってから、ウソみたいに近くなった（気がする）のである。どうしてそんなことになったのかまったくわからない。**渋谷駅超常現象**の一つである。そういえば、地下鉄銀座線渋谷駅は**地上**3階にある。銀座線に乗っていて、「次は終点の渋谷です」のアナウンスの後、いきなり、渋谷の街が出現すると、いまだにびっくりする。渋谷が人外魔境である証拠ではないか。

そんな渋谷再開発の目玉の一つ、渋谷スクランブルスクエアまで行ってみた。現在完成しているのは東棟で、高さ約230m。2027年度に中央棟と西棟が開業予定だそうだ。

目玉は最上階の屋上展望台である。吹きさらしなので、風が強い日は閉鎖されてしまう。屋上から見る風景はほんとにすごい。北の方には、駒場の東京大学から代々木公園、新宿御苑、赤坂御所と緑のベルトが続いている。東京の緑は、**東大と天皇の緑**なのだ。ビルに隠れて見えないが、その先には皇居の森が広がっている。

アンナ・ツィマさんの**『シブヤで目覚めて』**（阿部賢一、須藤輝彦訳　河出書房新社）は、チェコで新人賞を総嘗《な》めにした新感覚小説。タイトル通り、舞台はシブヤ、いや「渋谷」である。「ヤナ」は、プラハの大学で日本文学を学んでいる。目下のところ、テーマは、大正時代の謎の作家「川下清丸《かわしたきよまる》」（新感覚派？）。というか、日本（の文物）が好きすぎるチェコの女性が主人公である。そんな「ヤナ」は一度だけ日本に行ったことがある。17歳の頃に。さて、その頃（どの頃？）、17歳の「ヤナ」に事件が起きる。「渋谷」を歩いていると、奇妙な感じがしたのだ。

携帯をかけても、どこにも通じない。どこへ向かって歩いても、「渋谷」へ戻ってしまう。というか、どこをどう歩いても、「ハチ公像の前に出てしまう」のである。いや、それだけではなかった。

「日本人は私に気づかないのもわかった。まるで私のことが視界に入ってないみたい。不思議だ……いまだに何も食べてない。ただお腹が減ってない。喉も渇いてないし、驚くことにトイレに行く必要すらない……誰とも連絡がとれない。渋谷駅にあるすべての公衆電話からかけてみたが、プー、プーと鳴るばかりで、どこにも繋がらない。寝ようとしたけど、それもできない」

「ヤナ」は、「幽霊」になって「渋谷」に閉じこめられてしまったのだ。「現在」の「ヤナ」が、プラハで謎の作家の解明をしている間、過去の「ヤナ」は、「渋谷」で7年、起こった出来事の解明を続ける。なに、このパラレルワールド。そして、最後には驚愕《きょうがく》の……。

『シブヤで目覚めて』を読んでいると、「渋谷」こそ、日本の中心、神秘的なことが起こる場所ではないか、と思えてくる。そういえば、ミラ・ジョヴォヴィッチ主演の映画版『**バイオハザードⅣアフターライフ**』は、渋谷のスクランブル交差点から始まっていた。現代日本を象徴する場所は、皇居でも伊勢神宮でもなく（もはや、「秋葉原」でもなく）、「渋谷」なのか。

ちなみに、『シブヤで目覚めて』の中では、わたしの『さようなら、ギャングたち』もとりあげられている。というか、ツィマさんのパートナーのイゴールさんが、チェコ語に翻訳してくれたのだ。ちょっとマニアックすぎるよね。

いや、「渋谷」が神秘的な場所であることに気づいていたのは、アンナ・ツィマさんだけではなかった。**村上春樹**さんがとっくに気づいていたのである。

「青豆はもう一度意識を集中し、記憶を辿ってみる。世界の変更された部分に最初に思い当たったのは、数日前、渋谷のホテルの一室で油田開発の専門家を処理した日だ。首都高速道路三号線でタクシーを乗り捨て、非常階段を使って二四六号線に降り、ストッキングをはき替え、東急線の三軒茶屋の駅に向かった。その途中で青豆は若い警官とすれ違い、その見かけがいつもと違うことに初めて気づいた。それが始まりだった。とすれば、おそらくその少し前に、世界のポイントの切り替えがおこなわれたということになる」(『1Q84』BOOK1　新潮文庫)

主人公の「青豆」は、渋谷に近づく途中、タクシーで「首都高三号線」を降りたとき、気づかぬうちに、1984年から「1Q84年」に移行している。そして、小説の中で、その「1Q84年」をさまよい続けるのだ。BOOK3で、「首都高速道路三号線」の「非常階段」をもう一度、今度は逆に登ってタクシーに乗るまで。ちょうど、「ヤナ」が「渋谷」をさまよっていたように、である。

おそるべし、「渋谷」パワー。もしかしたら、日本の中心は「渋谷」だったのか。

国木田独歩の「**武蔵野**」は、日本近代文学の「起源」といわれる傑作小説。この作品をもって、日本近代文学は始まった。

「昔の武蔵野は萱原《かやはら》のはてなき光景を以《もっ》て絶類の美を鳴らして居たように言い伝えてあるが、今の武蔵野は林《はやし》である。林は実に今の武蔵野の特色といっても宜《よ》い。則《すなわ》ち木は重《おも》に楢《なら》の類《たぐい》で冬は悉《ことごと》く落葉し、春は滴《したた》るばかりの新緑萌《も》え出《い》ずるその変化が秩父嶺《ちちぶれい》以東十数里の野一斉《いっせい》に行われて、春夏秋冬を通じ霞《かすみ》に雨に月に風に霧に時雨《しぐれ》に雪に、緑蔭《りょくいん》に紅葉に、様々の光景を呈するその妙は一寸《ちょっと》西国地方又《ま》た東北の者には解し兼ねるのである」（新潮文庫所収）

ただひたすら、美しい日本の林を歩きながら、その情景を書きつらねた「武蔵野」。独歩は（まるでその名前のように）、家の近所を歩き回りながら、日記をつけ、それをもとに書いたものだ。ところが、なんと、である。

その頃、独歩が住んでいたのは「豊多摩郡渋谷村上渋谷宇田川一五四番地」の丘の上の一軒家。現在の「渋谷区宇田川町」NHK放送センターと広い道路をはさんだ向かい側のあたりに、「国木田独歩住居跡」という標柱が残っております。「渋谷」は、かつて「武蔵野」だったのだ。

というか、「文学の神様」がお住まいになったところだったのだ。霊験あらたかなわけである。

選挙ってなんだ？

この原稿を書いているのは、2021年10月27日の早朝だ。衆議院議員選挙投票日の4日前。ということは、これがみなさんの目にとまっている頃には、その結果が判明しているはずである。どうなっているのだろう。

正直に申し上げると、わたしは、長い間投票に行ったことがなかった。「自分の一票など無力」と思っていたからである。また「投票したい人も政党もない」し、「そんな意味のないことをしている暇なんかない」と思っていたからでもあった。だから、投票に行かない人たちの気持ちもよくわかるのである。

いま、わたしがあげた理由について反駁《はんばく》することはなかなか難しい。というのも、これらはみんな、確かに正しい一面を指摘しているからだ。しかし、である。ある時期から、わたしは少しだけ考えを変えた。さきほどの理由は、どれも「正しすぎる」が故に、採用するほどの魅力もまたないように思えるようになったのだ。

たとえば、それらは、「どうせ、みんないつかは死ぬのだからなにをやっても意味がない」というのと同じではあるまいか。そりゃそうだ……でもね、そんな正しいことをいって嘆くより、ちょっとだけ楽しいことをしてみたい。ありていにいえば、「生きる」というのは、そういうことの連続なのかもしれない。「正しい」から生きているのではない。まあ、中には、そういう方もいらっしゃるかもしれないが。わたし、楽しく生きていたいだけなのである。だから、31日には粛々と投票に行っているはずだ。そこに行って、なにかを確認するために。そして、ちょっとだけ楽しくなるために。

ほんとうのところ、みなさんの多くは、政治がイヤなんじゃなく、政治家がイヤなのかもしれない。正確にいうと、無神経な政治家が、である。ほんと、たまらんですわ。あの人たちの（多くの）しゃべることばの一つ一つが。

あれほど、人をむかつかせることをしゃべるなんて、ある意味、すごい才能だ。心の底から、そう思う。

その問題について深く考えたのが、作家・武田泰淳《たいじゅん》だ。武田さんは、ある政治家の文章についてこう書いた。少々長くなるが、引用してみる。60年ほど前の文章だ。

「敗戦後の今日からふりかえって、『こんな文章を書く男が、指導者ぶっていたんだからなア』などと、軽蔑したり、嘆いたりするのは、たやすい。しかし私がここから感ずる無気味さは、そうたやすく一政治家の過去の興奮として忘れ去ることのできない、もっとからみついてくる何物かなのだ……

叱っている彼から、叱られているぼくらへ一本の路が通っているばかりで、叱られる者から彼への路は、全くとざされている。この断絶のはなはだしさは、たんに彼ばかりでなく、ある種の政治家の文章が、たえずぼくらの頭上におっかぶせる暗さ、重くるしさである。『どうしてこのような、悲しむべき断絶が、人間と人間のあいだに起りうるのであろうか。そして、まだまだこのような断絶から、ぼくらはしばらく、解放されそうにない』と言う、あきらめに似た不透明な霧のようなものが、ぼくらを包んでいる」（『政治家の文章』岩波新書より）

わたしたちが政治（家）に対して抱いている不安の根っこが、これ以上はないほど簡潔に書かれた文章だと思う。こっちからあっちへの「路」が、「全くとざされている」こと。こちらの話をぜんぜん聞いてくれないこと。だったら、投票する気になんかならんだろ、まともな人間であればあるほどね。

では、そうではない（と思える）政治家は、どこにいるのか。

たとえば、「泡沫《ほうまつ》候補」と呼ばれる人たちを追ったドキュメンタリー映画『立候補』（20

13年　監督・藤岡利充）では、そんな彼らの意外に人間的な側面を見ることができる。奇矯な格好で、奇矯な振る舞いをする名物候補マック赤坂が、他のどんな政治家よりも信頼するに足るように見えてくるラストは感動的だった（たったひとり、大阪府知事・市長選で、橋下徹に勝ち目のない戦いを挑むのだ）。少なくとも、彼への「路」はとざされてはいないようだった。

最近、話題になった『なぜ君は総理大臣になれないのか』（2020年　監督・大島新）は、本気で「社会をよくしたい」と思っているらしい、香川1区の政治家・小川淳也を17年にわたって追いかけたドキュメンタリー映画だ。1回目は落選。以降、5度当選するが、小選挙区で当選したのは1度。苦労の連続だ。所属する政党も、民主党、民進党、希望の党、そして無所属、立憲民主党と次々変わってゆく。

そんな小川に監督は話を聞き続ける。そして、アホみたいに、マジメに答え続ける小川。この映画を見ての、素直な感想は、「この政治家はすごい！」ではない。「この政治家はちゃんと話を聞いてくれる！」である。そんなことで喜んでいいのか。そう思う……でも、やっぱり、ちょっと嬉《うれ》しい。

おそらく、わたしと同じように、この映画を見て嬉しくなった人がいた。「50代フリーライター」和田静香さんだ。ライターのかたわら、生活のためにさまざまなバイトをしたが

「時給はいつもその時々の最低賃金」。そんな和田さんが、国会議員・小川淳也さんに、あらゆるテーマにわたって質問し、答えをもらい、また質問をした。その全記録が、この本（『時給はいつも最低賃金、これって私のせいですか？　国会議員に聞いてみた。』〔左右社〕）だ。

それにしても、こんな無謀な本は読んだことがない。人口問題・環境問題・税金の行方・移民・エネルギー・原発・沖縄・民主主義。

質問を始めたとたん、和田さんは、自分の無知に驚く。というか、それぐらい質問する前にわかってるだろ、和田さん。しかし、和田さんは挫《くじ》けない。猛烈に勉強を始めるのである。そして、そんな和田さんに対して、小川さんは、やはり映画と同じように、ひたすら愚直に回答し続けるのである。

最初は余裕があった小川さんが、どんどん成長し、切れ味鋭くなってくる和田さんの質問にたじたじとなるところが楽しい。時には、厳しく対立することもある。この対話、ガチンコの勝負なのである。いや、真の対話とは、決して予定調和であってはならないのだ。

最後に和田さんはこう書いている。

「小川さんとは、対話を重ねるうえで徐々に信頼を築いたと思う。それはコラムにも書いた通りだけど、私は信頼を築いていく過程にこそ、今回最も意義を感じている。それは国の代表者と主権者がいかに信頼を築いて行くか、ということだ。民主主義社会を築くためには不断の努力をするべしと言うが、まさにそれしかなかった。本当にそれしかないんだ。めちゃ実感する」

この言葉に、武田泰淳も深く同意することと思う。ところで、香川1区の結果、どうだったかな。

マコさんとケイくん

最近、こんな物語を読んだ。どうやら、巷《ちまた》で、流行《はや》っているらしい。

ある物語

あるところに、高貴な生まれのお姫さまがいた。名前を「マコさま」としておこう。「高貴なお家」というのは、とかく、居心地が悪いものである。お付きの者が24時間張りついているので、自由なんかない。夜中にお腹《なか》が空《す》いたからコンビニに行く……なんてことは到底無理。他人の目のあるところでは、ずっとニコニコしていなきゃならない。ほんとに「高貴なお家」の一員であることはたいへんなのだ。なにしろ、この「お家」の「家業」は「みんなの幸せをお祈りすること」なのだから。

留学したときは楽しかった。ひとりの時間が持てたから。でも、そのとき、「マコさま」は思った。「わたしは、籠の鳥なんだ」って。そして、大好きだった叔母のことを思い出した。叔母は、お見合いというか紹介婚だった。親のいうことならなんでも聞く、いい人だった。いま、幸せなんだろうか。そのことを考えるとちょっと切ない。「マコさま」はため息をついた。親に頼みこんで、わりと自由な大学に入ることができた。もちろん監視つきだけど。でも、入ってみても、みんな、わたしを遠巻きにしている感じだ。なにしろ「高貴なお家のお姫さま」だから。けれど、ひとりだけ違う男の子がいた。わたしを見ていた。わたしが目を向けても、その目をそむけない。みんな、目をそらすのに。なんだか、違う。わたしがいままで会った人とは。ギラギラしてる。ちょっと怖い。それが「ケイくん」との最初の出会いだった。そして、「マコさま」は心の奥底で、こう呟《つぶや》いたのだ。「この人なら、わたしを、籠の外に連れ出してくれるかもしれない」と。

そんなふうに始まった物語は、周囲の反対を押し切って、ふたりが結婚することになる、という展開になっているようである。「100日後に死ぬワニ」のように、いまもネットで掲載中（注：連載終了後、書籍化、映画化もされました）なので、みなさんもお読みかもしれない。

この物語を読んでみたわたしの感想は、たった一つだけである。「**人間には失敗する権利がある**」ということだ。この「失敗する権利」のことを「**自由**」というのである。

この物語の「マコさま」（改め「マコさん」）と「ケイくん」のカップルは失敗するかもしれない。なんでも周囲がやってくれた「深窓のお姫さま」の「マコさん」は、自らが責任をとらねばならない現実の生活には耐えられないかもしれない。(もしかしたら) 野心家の「ケイくん」の本心には愛などないのかもしれない。

だからこそ、人生は生きるに値するのである。確実なものなどなにもない。失敗するかもしれない。それが「自由」ということである。

この国でもっとも「誠実であること」を要求される「高貴なお家」出身のお姫さまのとる行動としては、これ以上のものはあるまい。わたしには、そう思えるのである。

U・K・ル＝グウィンに「**オメラスから歩み去る人々**」という傑作短編がある。マイケル・サンデルが、ベストセラー『これからの「正義」の話をしよう』の中で引用して有名になったが、もちろん、その前からよく知られていた。未読の方には、読むことをお勧めする。

わたしの考えでは、この短編は、こう主張している……この世にひとりでも「籠の鳥」のような人物がいるのに、それを知ってなお、放置し、自分だけの自由を謳歌《おうか》する。それは「善きこと」なのか、ということである。いや、「関係ないよ」といってもいい、とル＝グウィンはいっている。けれども同時に、「なんだかそれは悲しいことだね」とも。

この、「マコさんとケイくん」の物語を読みながら、わたしは、こういう物語を何度も読んだことがあるような気がした。たとえば、**太宰治**の超有名な『**斜陽**』。主人公は、とある没落貴族のお嬢さまの「かず子さん」だ。「かず子さん」の「お家」は、ただの没落貴族ではない。筋金入りの貴族なのである。太宰はそのことを詳しく書いている。「かず子」さんの「お母さま」が、「おうちの奥庭」で「おしっこ」をする有名なシーンである。

「こないだ或《あ》る本で読んで、ルイ王朝の頃の貴婦人たちは、宮殿のお庭や、それから廊下の隅などで、平気でおしっこをしていたという事を知り、その無心さが、本当に可愛らしく、私のお母さまなども、そのようなほんものの貴婦人の最後のひとりなのではなかろうか」

太宰治は『右大臣実朝』でも、真の貴族を描いている。主人公の実朝は、将軍なのに、なによりも歌を愛する。長い間、この国でもっとも貴族らしかった一家（の主《あるじ》）が、そうであったように、である。ちなみに、『斜陽』が、チェーホフの名作『桜の園』の日本版として書かれたことは、太宰本人が公言している。『桜の園』は、古い「桜の園」を失う、没落貴族の話だった。「桜」を象徴とする貴族の物語だったのだ。

そして、『斜陽』の「かず子さん」は、「紹介婚」の後、破綻し、「籠の鳥」を脱するため、野蛮な作家の愛を獲得しようと行動する。「かず子さん」を閉じこめていた「籠」は、世間の常識そのものだったのだ。もしかしたら、「かず子さん」は、「お家」が没落していなくとも同じことをしたかもしれない。「籠の鳥」であることに変わりはなかったのだから。

いや、わたしは、「マコさんとケイくん」の物語を読みながら、また別の物語を思い浮かべてもいた。こちらは世界文学の傑作、**スタンダール**の『**赤と黒**』（桑原武夫・生島遼一訳岩波文庫）である。中学3年の時以来、55年ぶりに読んでみた。いや、おもしろかったなあ、フランス近代小説、というか、おそるべしスタンダール。

厳しい身分制社会の下、貴族ではないふつうの若者にとって、戦争が終わり平時になった社会でのし上がるためには、「聖職者」になるしかなかった（中世の日本と同じ）。天才的な頭脳の持ち主、ジュリアン・ソレルは、その道を歩みつつ、同時に、のし上がる手段の一つとして、上流階級の女性の愛を得ようとするのである。ひとりが町長の妻、レナール夫人だ。もうひとりが、ラ・モール侯爵の娘、マチルドだ。ジュリアンは、レナール夫人にとっては、家という「籠」から、マチルドにとっては、将来待っているはずの、同じ階級の中での「紹介婚」から、助け出してくれる騎士のように見えたのである。では、ジュリアンの「愛」は、贋物《にせもの》だったのか。そうではない、とスタンダールは書いている。贋物から始まったジュリアンの愛は、葛藤の末に、いつしか純金に変わっていたのだ。「マコさんとケイくん」の物語がどんなエンディングを迎えるのか。わたしは、遥《はる》か遠くから、そっと眺めていたいと思うのである。

本を読むなら、「獄中」に限る

以前、水道橋博士さんと対談をしたとき、「獄中読書」の話題で盛り上がった。なんと、博士のところには、「獄中生活で読む本」を集めた本棚があるというのである。さすが。問題は、なかなかその本を読むような事態にならないことだと嘆いておられた。早く、そんな機会が訪れるといいですね。

そもそも、そんな話になったのは、わたしが「獄中読書」をさせていただいたことがあるからだ。いろいろ途中経過を省略していうと、要するに、19歳の頃、8カ月ほど拘置所に滞在することになり、他になにもすることもないのでたくさん本を読んだのである。

生涯であれほど、本を読んだことはなかったのではないかと思う。朝起きてから夜寝るまで、ほぼ読書。外国語はドイツ語とロシア語を独習し（残念ながらもう忘れたが……）、たぶん、「外」の世界にいるときには読む気にならないような大作にも挑戦できた。『資本論』とか『失われた時を求めて』とかである。それらの本を差し入れてくれた親切な友人・知人にはいまでも深く感謝している。ただ、友人のSだけは、おそらくイヤがらせなのではないかと思うが、毎回、よく探してきたよなあと思える「超エロ小説」を持って来るのでほんとうに困った。拘置所では、事前に検閲があるので、新聞や雑誌ではよく「黒塗り」になることもあって怒ったが、Sの差し入れた本だけは、「これこそ黒く塗れよ！」と思った。そんなものを読んだ夜には、目が冴《さ》えて寝られなかったのだから。

さて、監獄とか刑務所といわれる場所が、実は読書に適していることは、よく知られた事実だ。たとえば、『プリズン・ブック・クラブ　コリンズ・ベイ刑務所読書会の一年』（アン・ウォームズリー著　向井和美訳　紀伊國屋書店）を読んでみると、なるほどと思うだろう。

著者は、カナダで雑誌記者をしていたとき、友人から、刑務所での読書会にボランティアとして参加しないかと誘われる。以前、ロンドンで強盗に襲われたトラウマがある著者は、犯罪者への恐れを抱いていたが、閃《ひらめ》くものがあって、その誘いを受け入れるのである。

さて、刑務所の読書会のメンバーはというと、発砲事件を起こして10年の刑をくらったやつ、「ヘルズ・エンジェルス」元メンバーで、薬物売買に手を出して17年の刑に服しているやつ、連続銀行強盗で6年の刑……と、揃《そろ》いも揃ってこわもての面々。どうなるかと思いきや、彼らは、著者も驚く、深い読解力の持ち主だった。著者の前に読書会に参加していたカナダの作家ローレンス・ヒルは、こういっていたのである。

「これまでに招待されたなかで、こんなに打ちとけて、緻密にしかも熱心に本のことを話し合っていたグループはないと断言できるよ……博士課程の学生や修士課程のゼミ生やなんかと比べてもだ。それほど、あの読書会メンバーはすばらしかった……受刑者はほかの人たちよりずっと本から多くのことを学びとっている。時間とエネルギーがあるぶん本に集中できるし、学ぶ必要に迫られてもいるからだろうね」

著者が読書会で受刑者たちと読んだのは、みんな「歯応え」のあるものばかり。マーガレット・アトウッドもあれば、スタインベックの『怒りの葡萄』もある。受刑者たちのみなさんの「読み」の深さは、驚くほどだ。そこまで読めるようになるなら、みんな一度は獄中生活を送った方がいいんじゃないかなと思えてくる。その中のひとりは、こういうのである。

「その場しのぎの、ただおもしろいだけの小説にはもう興味がない。著者がなにを考えてるか、どんな言葉を使ってるか、どんな語り口で表現してるかを知りたいんだ。おれがこれまで読んだシドニィ・シェルダンとか、ファンタジーとか、おとぎ話とか、そういうふつうじゃない人間の話でなくてもいい。現実的な人生の話でいいんだ」

いや、それ、シドニィ・シェルダンがちょっとかわいそうなんだけど。

もちろん、我が国でも「獄中読書」は盛んにされている（たぶん）。古くは、「獄中読書の達人」大杉栄の『獄中記』（土曜社）が有名だが、ここでは、最近のものを紹介しておきたい。

まず、外務省勤務中に逮捕された佐藤優さんは512日間、勾留された。その記録が『獄中記』（岩波現代文庫）で、当然のことながら、佐藤さんは熱心に本を読んでいる。巻末の「獄中読書リスト」に記されているのは135冊（『岩波講座世界歴史』［全31巻］などを1冊とカウントしているので、実際は遥《はる》かに多い）。さすが、である。読書傾向は、わたしとかなり似ているように思える（50年前にわたしが読んだものも入っている）ので、今度「獄入り」することがあったら、ぜひ参考にしたいと思う。ただ、小説が僅か2冊というのはなんだか寂しい（他にチェーホフのものもあるが、こちらはロシア語学習のためのようだ）。ちなみに、その2冊は、『山椒魚戦争』（カレル・チャペック著　栗栖継訳　岩波文庫）と『夜に忍びこむもの』（渡辺淳一　集英社文庫）という、かなり難解な組み合わせ（SFと不倫もの）なので、もしかしたら、勝手に差し入れられたものなのかも。

そして、ホリエモンこと堀江貴文さんは証券取引法違反で逮捕され2年6月の実刑判決を受けた。その獄中での生活は『刑務所なう。完全版』（文春文庫）に詳しいが、読書にしぼって書かれたのが『ネットがつながらなかったので仕方なく本を1000冊読んで考えたそしたら意外に役立った』（角川書店）という長いタイトルの本である。堀江さんは獄中生活504日なのだそうで、1日に2冊だ。頑張ったなあ。マンガが多いところも親近感が湧くよね。

さて、「獄中読書」の決定版として、わたしがお勧めするのは、牧口常三郎と共に創価学会を創設し、学会第2代会長でもある戸田城聖の『若き日の手記・獄中記』(青娥書房)である。戦時中、治安維持法違反で2年の獄中生活を送ったが、その間、ただひたすら読書に励んだ戸田さん。読書家の鑑《かがみ》ともいえる存在だ。そして、なにより小説が大好きだった戸田さんは、家族に、小説を送ってくれと懇願しつづけたのだ。

「一日無理シテ、古本ノ買イ入レニ行ッテ差シ入レ頼ム。世界大衆文芸大集、改造社版(タンカ一冊一円カ五十銭デアッタ。四六判、赤イ表紙ノモノ、私ノ家ニモアルカラ版ハ違ウ。最近バン)ソレハ入レテハナラヌ。ソノ外、昔ノ時代小説、有名ナ世界的小説等古イモノヲ二、三十冊買ッテクレ頼ム。精神ヲ豊カニシ、力強クシ、暖カクシ、明ルクシ、明ラカニシ、丈夫ニシ、愉快ニシ、将来アル様ニト毎日奮闘ダ。察シテクレ」

これほど愛されて小説も本望だ。宗教家としてどうなのかはわたしにもわかりませんが。

わからなかったら、植物に訊け！

世界的なベストセラーになった、『樹木たちの知られざる生活　森林管理官が聴いた森の声』（ペーター・ヴォールレーベン著　長谷川圭訳　早川書房）を読んだ。そして、衝撃を受けた。なんと、樹木は「人間よりも人間らしい」のである。比喩ではありませんよ。実態として、そうなのだ。

「まさかね」と思われる読者も多いだろう。わたしもそうだった。しかし、本書を読み終わった後には、思わず、こう呟《つぶや》いたのである。

「ああ、せめて、人類が樹木たちの半分も人間的だったらよかったのに！」

さて、著者のヴォールレーベンさんは、ドイツの「森林管理官」だ。だから、ふだんは、森林を歩き回っている。そして、驚くべきことに気づく。まずは、木は「言葉」を持っていて、お互いに「会話」しているというのである。

木はさまざまな物質を放出している。それが、木の「言葉」だ。たとえば、葉をかじられると、ただちに特殊な物質を放って周りに信号を送る木がある。すると、仲間の木はそれを受信して、食べられないよう有毒物質を準備するのである。グッジョブ！

その程度で驚いてはいけない。

「木々はそれと同時に、地中でつながる仲間たちに根から根へとメッセージを送っている……このメッセージの伝達には化学物質だけでなく、電気信号も使われているようだ……すばやい情報の伝達を確実にするために、ほとんどの場合、菌類があいだに入っているからだ。菌類は、インターネットの光ファイバーのような役割を担《にな》い、細い菌糸《きんし》が地中を走り、想像できないほど密な網を張りめぐらせる……森のなかに見られるこのネットワークを、ワールドワイドウェブならぬ〝ウッドワイドウェブ〟と呼ぶ学者もいるほどだ」

まだ人類が火を使う遥《はる》か前から、というか人類誕生前から、インターネットを使っていた植物、すごい！　でも、そんなのは序の口です。

たとえば、「ブナ」の母親は周りに生まれた若木の上に屋根を作って成長させないようにする。ひどいよお母さん！　しかし「これは子どもたちのためを思った教育なのだ」。なぜなら、子どもの頃わざわざゆっくり成長させた結果、長生きすることができるようになるのだ。なんと、樹木は、教育ができるのである。

いや、まだまだ。

ある学者によれば、「根の先端に脳に似た組織」があって「動物の体内にも見られる器官や分子が存在している」。脳があるんですか！

いや、まだまだ。

北米で育ったセコイアをヨーロッパに連れてゆくとあまり高く育たない。その理由は、幼少期に故郷から遠く離れた場所で、教育してくれる「両親」や「親戚」や保護してくれる他の木がいないので「一人ぼっちで生きていくしかない」からだ。誰からの援助もない「街中《まちなか》の木は、森を離れて身寄りを失った木だ。多くは道路《ストリート》沿いに立つ、まさに〝ストリートチルドレン〟といえる」のだ。

人間（社会）に存在するものはみんな、植物の世界に以前から存在していた。わからないことがあったら、植物に訊《き》けばいいのである。

とはいえ、ヴォールレーベンさんは一介の「森林管理官」にすぎない。学者のみなさんは、どう考えているのだろうか。わたしの大好きな「植物学の父」牧野富太郎（わたしは、植物学者にもなりたくて、この方の本をずいぶん読んだのである。まあ、いろんなものになりたかったのだが）は『牧野富太郎自叙伝』（講談社学術文庫）の中でこう述懐している。

「……二六時中ただもう植物が楽しく、これに対していると他の事は何もかも忘れて夢中になるのであった。こんな有様ゆえ、時とすると自分はあるいは草木の精じゃないかと疑う程です。これから先も私の死ぬるまでも疑いなく私はこの一本道を脇目もふらず歩き通すでしょう。そうして遂にはわが愛人である草木と情死し心中を遂げる事になるのでしょう」

牧野先生、ヤバいですよ！　さすがのファーブルも「昆虫と情死し心中」しようとまでは書いていないし、自分のことを「昆虫の精」だとは思っていない。というか、ほんとうに牧野先生は「草木の精」だったのかもしれない。

さらにもう一方《ひとかた》、理学博士で筑波大学名誉教授、板野肯三先生の著書、『**地球人のための超植物入門——森の精が語る知られざる生命エネルギーの世界**』（アセンド・ラピス）を紹介したい。

板野先生は、この本を書くことをためらわれたそうだ。というのも、ほんとうのことを書くと、たいていの場合人間は恐れるからである。

しかし、板野先生は、我々人類のために、万難を排して、**真実**を書くことにされたのだ。

板野先生がこの本を書くきっかけになったのは、明治神宮の森の南端のスダジイの大木と会話したからである。

「明治神宮のスダジイに、その場所で何をしているのかを尋ねてみた。話しかけると、ものすごく強いエネルギーが返ってきた。

いつもは、草木に話しかけても、人間的なメッセージを感じることはないのだが、この時は、荒々しい、野武士のように無骨なエネルギーとともに、あるメッセージが送られてきた。内容はといえば、ずいぶんと重く、人間に対する、少し辛口の批評が含まれていた」

そのように書かれた上で板野先生は、スダジイが送ってきた、単行本で12頁を超えるメッセージを人間の言葉に翻訳されている。まことに、渾身《こんしん》のメッセージだった。

たとえば、「あなたはこのスダジイの木に宿っている魂なのですか？」と板野先生が問いかけると、スダジイはこう答える。

「いいえ、そうではありません。

もちろん、こういう、木の中に宿っている魂はあります。

個性化して話ができる木もあります。

ただ、木の中に宿っている魂が、誰でも人間と話ができるというわけではないのです」

木と話ができたらいいだろうな。そう思うでしょ。板野先生は、その方法も教えてくださってます。

「まず、右手を開いて、手のひらのほうを、木の幹に向ける。この時に、幹に触れてはいけない。五センチくらい、離しておく。そこで、手のひらを少し左右に振ってみる。上下でも、斜めでもいい。

最初は何も感じないかも知れないが、手の平に意識を集中して、これをしばらくやっていると、何かを感じられるようになる」

ここからスタートすると、やがては、木と話ができるようになるそうですよ。楽しそう。

寂聴さんとアレ

瀬戸内寂聴さんが2021年に亡くなられた。満99歳、大往生といっていいだろう。その年のお正月には、ラジオに出演していただいて、元気なお声を聞いたばかりだった。生前、寂聴さんにはほんとうにお世話になったので、とても悲しい。追悼の文章は、ほかの所で書かせていただいたので、この欄では、深い敬意をこめて、寂聴さんの「アレ」について考えてみたいと思う。

この連載のはじめの頃に、寂聴さんの、ほぼ最後の小説といっていい『いのち』について書いた。その『いのち』の15年ほど前、およそ80歳の頃に出版された長編が『場所』である。この、野間文芸賞を受賞した大作は、もしかしたら、寂聴さんの最高傑作かもしれない。

作品の中で、寂聴さんは、自分の生涯を彩った場所を、数十年ぶりに、1カ所ずつ訪れてゆく。父や母が生まれた場所から始まる、自らのルーツを求めて続くその旅は感動的だ。中でも、量も多く、深く感情をこめて書かれているのが、ふたりの男性と暮らした場所である。ひとりは「小田仁二郎」。彼は、寂聴さんより年長で、既婚の売れない純文学作家。やがてふたりは恋に落ち、8年にわたって、男が二つの家に通う生活が始まる。もうひとりは

「涼太」。作家以前の寂聴さんが、家庭を捨てて愛することになった年下の男性だ。一度は別れた「涼太」が、結婚に失敗し、「小田仁二郎」と暮らす寂聴さんの前に現れ、不思議で激烈な三角関係が始まる。記憶に深く刻まれたこのエピソードが生まれた場所を、寂聴さんは訪れる。彼らは、とうにこの世を去り、ただ場所だけが残されているのである。

この「小田仁二郎」と「涼太」との三角関係を、寂聴さんは繰り返し小説の中に書いた。瀬戸内寂聴という小説家にとって、もっとも大切なテーマとなったのである。

この三角関係を、寂聴さんがはっきりとした形で最初に書いたのが「**夏の終り**」という短編（ここでは、「小田仁二郎」は「慎吾」と呼ばれている）だ。発表は1962年。この渾身《こんしん》の傑作で、寂聴さんは翌年、女流文学賞を受ける。ここから、寂聴さんの、作家としての本格的な人生が始まったといっていいだろう。

ふたりの男の間をさまよう主人公、そして、彼女に翻弄《ほんろう》され、人生を狂わせてゆくふたりの男。この不思議な三角関係、実は、寂聴さんの他の作品にも繰り返し出てくるのである。

そのことにはっきり気づいたのは、恥ずかしいことだが、つい最近だった。寂聴さんの作品を読み返していて、なんども「これは、アレ?」と思うことがあったのである。というか、寂聴さんは、「伝記作家」として名高いが、その作品がことごとく、「これは、アレ?」としか考えられなかったのだ。

作家で、あの岡本太郎の母でもある岡本かの子の生涯を描いた『かの子撩乱』で、主人公のかの子には、夫の岡本一平の他に、夫公認の若い恋人がふたりいる。彼らを精神的に鼓舞するミューズ（女神）が岡本かの子であり、また、彼らの力を借りて、かの子は生命力に満ちた作品を創っていった。

寂聴さんの名前を一気に高めた『美は乱調にあり』の主人公は、波瀾《はらん》万丈の生涯をおくった伊藤野枝。彼女は、師であり夫でもあった作家・辻潤を離れ、アナキストの大杉栄のもとへ走り、闘う女たちを叱咤《しった》激励する評論を書き、社会を変えようと奔走し、関東大震災の混乱の中、大杉栄と共に虐殺される。

そして、寂聴さんの伝記小説第1弾の『田村俊子』の主人公（俊子）は、女優もやった、日本で最初の職業女性作家。事実婚の相手だった田村松魚《しょうぎょ》のアドヴァイスで書いた小説でデビューしたが、その後、新しい恋人を追いかけてカナダへ渡った。

どの作品の女たちも、夫がいて影響を受けながら、自立するために別れ、新しい男のもとへ走る。けれども、それだけでは終わらず、さらにその先へと進もうとするのである。

ちなみに、岡本かの子も、伊藤野枝も、田村俊子も、日本最初のフェミニズム雑誌『青《せい》鞜《とう》』のメンバーだ。

他には、『遠い声　管野須賀子』の主人公で、大逆事件、唯一の女性被告で死刑になった管野スガも。彼女もまた、社会運動に深く関わり、活動家・荒畑寒村と結婚したが、やがて大逆事件の首魁《しゅかい》として死刑になる幸徳秋水と恋愛関係になってゆく。

こう書いていくと、寂聴さんは、自分によく似た女性、自分たちの関係に似た関係を、丹念に拾い上げていったのかもしれない。それは、女性が生きにくい時代にあって、社会と闘っても自由に生きる女性と、そんな女性を支える男たちの物語だ……とここまで書いて、こういうお話って、他になかったっけと考えた。

アレだよね、アレ……。

わたしが思い出したのは、**フランソワ・トリュフォー**の超名作映画『突然炎のごとく』。この、第一次世界大戦を間にはさんで展開される物語の主人公のカトリーヌ（ジャンヌ・モロー）は、自分の気持ちと欲望に素直な、自由に生きる女。そんなカトリーヌに、生真面目なオーストリア人のジュール（オスカー・ウェルナー）と、恋多きフランス人のジム（アンリ・セール）は出会う。そして、性格のまったく違うジュールとジムは、この風のような女に恋するようになるのである。

やがて、カトリーヌとジュールは結婚し、子どもも生まれる。けれど、戦争後、再会したジムが見たのは、夫婦とはいえない彼らの関係だった。カトリーヌには何人もの愛人がいたのだ。そして……詳しくは、映画をご覧ください。ほんとにすごいですから。わたしは、この作品を公開直後に観た。中学2年の頃である。もちろん、深く理解できるはずもなかったが、「おとなはすごい！」と思いました。ほんと。

映画の中で、ジュールはジムにこういう（たしか、こんなセリフ）。

「彼女は、ものすごく美しいわけでも、聡明でも、誠実でもない。それでも、彼女に惹《ひ》かれるのは、彼女こそ女だからだ」

ちなみに、『突然炎のごとく』のフランスでの公開は1962年。寂聴さんの「夏の終り」と同じ年（今回、調べてみました）。

映画はベル・エポックといわれる時代のパリから始まっている。19世紀末から第一次世界大戦までの「良き時代」だ。「フェミニズムのベル・エポック」ということばがあるように、女性の社会進出も盛んになった。先ほどとりあげた『青鞜』の創刊は1911年で、ちょうどこの頃。カトリーヌは、寂聴さんが描いた女たちとまったく同時代の女性だったのだ。それは、世界で同時に、女たちが自由に生きはじめた頃の物語なのである。

イカゲームの本家は？

2021年9月にネットフリックスで公開されて、3カ月ほどしかたっていないのに、世界中で超絶ヒットしている『**イカゲーム**』を、ようやく観ることができた。というか、一日かけて、ついさっき全9話を観終わったばかりだ。そして、ヒットするよなあこれは、と思った。さらにいうなら、これは好き嫌いが分かれる作品ではないかとも思った。ちょっと無理、という視聴者もいるだろう。けっこう残酷なところもあるし。わたしは……感動しました、はい。そして、「こういう作品」が好きなんだよな、としみじみ思った。では、「こういう作品」とは何なのか。『イカゲーム』は、発表と同時に「××とそっくり」とか「××のパクリ」という声が盛大に上がった。そう叫んだ方々の気持ちも、またよくわかるのである。でも、それが「こういう作品」の宿命なのではないかとも。

主人公のソン・ギフンは、会社をリストラされ多額の借金を抱え、妻とも離婚、娘の親権も奪われて、母のもとで鬱屈した生活を送っている。金もないのに、行商で暮らす母の金でギャンブルをやる。最低の人間だ。そんな最低男が、謎の組織が仕掛けた人生一発逆転の

「ゲーム」に誘われる。そして、行った先で見たのは地獄そのものの世界だった……。

ファン・ドンヒョク監督自身が発言しているようだが、『バトル・ロワイアル』『ライアーゲーム』『賭博黙示録カイジ』の影響ははっきりと見える。わたしは、どれも好きなものばかりなので、こういうものを読んだり観たりしたら、作りたくなるよなあ、と思った。どの作品でも、ゲームもしくはギャンブルに勝ち続けなければ破滅が待っている。そして、多くの場合、そこでの破滅とは死なのである。

『バトル・ロワイアル』は、死に特化して、果てには大量死が待っている「デスゲーム」系の典型だし、『ライアーゲーム』や『賭博黙示録カイジ』は、それよりも、ゲームやギャンブルにはまった人間の心理の方を追求する「ギャンブル（ゲーム）系」ということになるだろう。『イカゲーム』は、その両方の良さを「いいとこどり」した作品だ。

最初のゲームは「だるまさんがころんだ」。会場に連れて来られたのは456人。ほとんど説明なく始まったゲームは、脱落すると射殺されるものだと知ってパニックに陥るところからスタート。生き残るために、数百人の男女が「だるまさんがころんだ」の声と共に、前進してゆく。

失敗した者に待っているのは残酷な死だ。銃の猛烈な発射音の中、スローモーションで血《ち》飛沫《しぶき》をあげて倒れてゆく人々。そのバックに流れる「フライ・ミー・トゥ・ザ・ムーン」の美しい歌声。実は、そのシーンで、わたしは思わず、涙をこぼしてしまった。自分でもびっくりである。その曲が、ただ無意味に虐殺され、滅んでゆく人間たちへの鎮魂歌のように、わたしには聞こえたからだ。

「フライ・ミー・トゥ・ザ・ムーン」が使われるのはこのシーンだけではなく、また別の重要なシーンでも使われている。もしかしたら、この曲を忘れられないほど見事に使った『新世紀エヴァンゲリオン』へのオマージュなのかもしれない。たくさんの、(サブ)カルチャーへの有形無形の引用も、なんだか楽しかった。


2番目のゲームの「かたぬき」(砂糖菓子を型通りに抜く)も、3番目のゲームの「綱引き」も、4番目のゲームの「ビー玉遊び」も、もともと子どもの遊びだ。5番目の「飛び石ゲーム」だって、若干アレンジはしてあるが、同じ。最後の「イカゲーム」も、実際に朝鮮半島ではよく知られた子どもの遊びのようだ。

おとなのいちばん醜い部分、欲望を露骨に示す道具に、もっとも無垢《むく》な頃の記憶を呼び覚ます遊びを使い、韓国映画やテレビでよく見る、濃厚な親子関係や情愛も、よく効いている(ギフンやその親友で元エリートのサンウの母親への、脱北者セビョクの弟への、パキスタン人労働者アリの家族への、それぞれの愛情。個人的には、戻る家さえなかったジョンのファンになりました!)。ひとことでいうなら、むちゃくちゃ「エモい」のである。

わたしが「こういう作品」を好む理由の一つは、わたし自身が、かつて重度の「ギャンブル依存症」だったからなのかもしれない。観ていると、なんだか胸がざわついてくるのである。いまは、なんとか人並み（？）程度でおさまっているが、ひどかったときは、あり金をすべて使う、足りずに誰彼構わず借金する、それでも足りずにサラ金から次々と借りる、といった状態だった。ダメだとわかっているのにやめられないのである。というか、死ぬほどつらいのにやめられない。いや、最終的に「死ぬかもしれない」と思えば思うほど、抜け出せないのである。どっちみちやめることができないなら、最後は、ギャンブルが見せてくれる「夢」を見ながら死にたい。「ギャンブル依存症」の深層心理にはこんな部分があると思う。たいへんヤバい。『イカゲーム』では、多額の借金を抱え、地獄のような「競技場」にたどり着いたプレイヤーたちが、いったん「外の世界」に戻ることができたのに、再び「競技場」に戻ってくる。そして、彼らはいうのだ。

「外の世界も地獄だった」

彼らには、逃げ場はどこにもないのである。

ところで、『イカゲーム』については、さまざまな作品からの影響が指摘されていることは、最初に書いた通り。わたしは、この作品を観ながら、阿佐田哲也の『麻雀放浪記』や、ロアルド・ダールの『南から来た男』や、奥浩哉の『GANTZ《ガンツ》』（等その他もろもろ）を思い浮かべた。集団で死に向かって進む作品なら、新田次郎の『八甲田山死の彷徨』もある。この際だからと、「デスロードもの」の原点といわれる『死のロングウォーク』（スティーヴン・キング著　沼尻素子訳　扶桑社ミステリー文庫）も読んでみた。いや、『バトル・ロワイアル』も『イカゲーム』も、この作品の子（孫？）だよといわれたら、確かにそうかも、と思った。殺戮《さつりく》シーンの後味の悪さも含めて。

だが、結局のところ、『イカゲーム』の元祖、もしくは本家探しは、あまり意味のないことなのかもしれない。

突然集められ、自分の知らないところで決定されたルールに従って、競争させられること。その競争で得られるものは金であり、金がなければそもそも自由がないこと。その際、周りはみんな敵であると思わされること。その敵を蹴落とすためには、どんな手段を用いてもいいこと。競争に敗れた者は、惨めに死んでゆくこと。そんな落伍《らくご》者に、その世界は冷たいこと。そして、金が欲しい、助かりたいともがく人々の凄惨《せいさん》なバトルを、このゲームのルールを作った者たちは、笑いながら観ていること。

『イカゲーム』の本家は、わたしたちがよく知っている作品のどれかではない。わたしたちが生きている、この世界そのものなのである。

みんな悩んで大きくなった

毎日新聞で「人生相談」をやらせていただくようになって、8年以上になる。もとより、人生相談に正答などなく、できうるなら相談者の力になるようなことばを紡ぎたいと思ってやってきたが、うまくいっただろうか。

人生相談のコーナーは、たいていの新聞にある。長い間、新聞にとって必須のコンテンツ、いや、多くの新聞読者にとっては、見かけるとつい読んでしまうおなじみの欄だったのである。だからこそ、当たり前の回答をしても意味がないし、かといって、極端な返答もやりにくい。回答者のセンスが試されるのだ。

たとえば、『宇野千代の人生相談』（廣済堂文庫）におさめられた、いまは亡き作家宇野千代さんの回答は、相談者の質問をどんどん引用し「あなたは……と言うのですね」と、確認しながら進んでゆく。眼前に宇野さんがいて、相槌《あいづち》をうっているかの如《ごと》くである。人生の達人でなければできない業《わざ》だ。わたしにはとても無理。

発表時、話題になったといえば、車谷長吉《くるまたにちょうきつ》さんのこんな例（『車谷長吉の人生相談　人生の救い』朝日文庫）も。

まずは、「40代の（男性）高校教師」からの、教え子の女生徒が恋しいという相談。

「生徒にも人気があり……妻と子ども2人にも恵まれ、まずまずの人生だと思って」いるが「5年に1度くらい、自分でもコントロールできなくなるほど没入してしまう女子生徒が出現する……今がそう……相手は17歳の高校2年生で、授業中に自然に振る舞おうとすればするほど、その子の顔をちらちら見てしまいます。

その子には下心を見透かされているようでもあり、私を見る表情が色っぽくてびっくりしたりもします……教育者としてダメだと思いますが、情動を抑えられません。どうしたらいいのでしょうか」

この相談に対して、車谷さんはこう答える。

「あなたは自分の生が破綻することを恐れていらっしゃるのです。破綻して、職業も名誉も家庭も失った時、はじめて人間とは何かということが見えるのです。あなたは高校の教師だそうですが、好きになった女生徒と出来てしまえば、それでよいのです。そうすると、はじめて人間の生とは何かということが見え、この世の本当の姿が見えるのです」

もう、回答が本質的すぎて絶句しそうだ。

思えば、**上野千鶴子**さんも（『身の下相談にお答えします』朝日文庫）、「性欲が強すぎて困る」15歳の男子中学生に「経験豊富な熟女に、土下座してでもよいから、やらせてください、とお願いしてみてください」と回答して、こっちははっきり、ネットで炎上していた。ほんと、みんな達人で、わたしにはそんな回答をする度胸も技量もありません。

では、人生相談はいつごろ始まったのだろう。それを調べるために、『**明治時代の人生相談**』（山田邦紀編著　日本文芸社）と『**大正時代の身の上相談**』（カタログハウス編　ちくま文庫）を読んでみた。まずは、「日本で最初に新聞に載った人生相談」が、これ。

「妾《わたし》は今年十九にてあるところに通勤の身に候《そうろう》が、身の不束《ふつつか》と家庭の乱れたる結果、去る九月中旬ある人と夜芝居《よしばい》に行きしが縁となり、ついに夫婦の契約をいたし候。

このこと母の耳に聞こえて、いったんは立腹いたし候《そうら》えども、これも前世《ぜんせ》の因縁なれば是非なし、なにとぞ末長く苦楽を共にせよと粋な計らいにはうれし涙にくれ候。

しかるに現戸主《げんこしゅ》及び母の伯父某《なにがし》なる者、野合《やごう》の結婚なりとて母の言葉に反対いたし、正式の結婚に承諾を与え申さざるため、妾ら二人はほとほと絶望の底に沈み、ひとかたならぬ苦悶《くもん》をしており候。

記者のご同情に訴えたく、なにとぞ哀れと思《おぼ》し召《め》し、よき方法をお教え下されたく候」

時代感満載だなあ、いろんな意味で……。

それに対して、（新聞史上初の）回答はこちら。

「よく一身の恥をさらして懺悔《ざんげ》なさいました。これまでの過失は悔いても仕方ありません。将来を慎んでどうぞ清く美しい品行と生活をお続けなさい。

さてご相談のこと、ご煩悶《はんもん》のほどお察し申しますが、今の民法では現戸主の同意がなければ結婚のできぬ規定ですから、何とか仲に人を立てて温柔《おんじゆう》に話をしたうえ、円満に承諾をさせるようご工夫をなさいませ。差し当たりこのほかに良策もありますまい」

当時、回答者は新聞記者だった。いろいろ考えさせられる回答ではありませんか。これが掲載されたのは、明治39年の『都新聞』。同紙は、中里介山の「大菩薩峠」や尾崎士郎の「人生劇場」の連載で名を馳《は》せた。初代主筆が、最初の職業小説家といわれる仮名垣魯文《かながきろぶん》。なるほど、報道ではなくエンタメのための新聞だったのか。人生相談も、もともと読者のための「読み物」だったのだろう。同じ『都新聞』の明治43年の人生相談が、こちら。

「私は三十歳になる女ですが、あるべき所にないので少なからぬ心配をいたしております。薬もずいぶんつけてみましたが効《こう》がありませぬ。

実は二十一歳のときにある商人に嫁《か》しましたが四年間連れ添い男児を挙《あ》げましたが、夫は死に、子もまた半年ばかりして後を追いました。これみなこのためでないかと思われます」

「あるべき所にない」、つまり陰毛がないので不幸になったのではないかという相談。笑ってはいけません。マジな相談だったのです。

そして、大正時代になると（なっても？）、こんな相談も（こちらは読売新聞だそうです）。

「私は許婚《いいなずけ》のある者ですが、以前あるほかの男子に接吻されたことがあります……はたして接吻は、古来、日本でいう意味で身を汚すも同様でしょうか。もしそうなら、こんな汚れた身をもって純潔な許婚の夫と結婚する資格はないと思います。それゆえ、一生独身で送ろうと思いますが、いかがでしょうか」

みんな悩んでいたのである。

ところで、わたしが、新聞でその回答をいまいちばん読んでみたいのは、イスラーム法学者の**中田考**《こう》さんだ。中田さんは、彼の人生相談本『13歳からの世界征服』（百万年書房）で、

「なぜ人を殺してはいけないのですか?」という相談に、「人を殺してはいけない理由なんて、どこにもありません……人間が決めることではありません。それを決めるのは神の領分です」とお答えになった。いや、ぜひ新聞で人生相談やってください。どうなっても知りませんが。

19歳の頃

19歳の誕生日を、わたしは留置所で迎えた。まったく。予想外の事態であった。なんたるハッピーバースデイ！

その日、なにをしていたかというと、留置所に勾留されている面子《メンツ》全員で「悪人紅白歌合戦（笑）」をやっていたのである。話せば長いことになるが、デモで前年の11月に逮捕されてから留置所→少年鑑別所→留置所アゲインとたらい回しされたあげく、誕生日（1月1日です）になってしまったのだ。そのとき、留置所にいたのは、わたし以外は、同じ窃盗団のグループのみなさんだけだった。起きている間はずっと猥談《わいだん》ばかりしていたAさん。異常に歌が上手《うま》いので、訊《き》いてみたら、歌手としてデビューしたことがあってレコードも出してるといっていたBさん。あの人たちは、まだ生きているだろうか。

房の外に出るわけにはいかないので、みんな、順番に房の中で歌っていった。わたしが歌ったのは、「ブルー・ライト・ヨコハマ」だったと思う。もちろん、この曲だけは、いまでもカラオケで歌えるのである。

2月には東京拘置所に移送になり、8月まで在監していた。もちろん、ずっと独房だ。たいへん苦しかった……はずなのだが、実際には、ほとんど現実感がなかった。どこか他人事のような気がしていたのだ。いま直面している「これ」が、ほんとうに「自分の人生」での出来事とは思えなかった。大学に行って学生生活を送るという当たり前のコースから離れ過ぎて、頭の方がついていかなかったのだと思う。と同時に、自分が読んできた本の中の登場人物、たとえばドストエフスキーの小説に出てくる、獄中生活者と同じ世界を生きているのかと思うと、不思議な気がした。当たり前ではなくても、これも現実なんじゃないのかな、と思った。あの奇妙な感覚は忘れられない。

内田也哉子《ややこ》さんのエッセイ集、**『ペーパームービー』**（朝日出版社）が最初に出版されたのは1996年。ご存じのように、也哉子さんは内田裕也さんと樹木希林さんのひとり娘。そんな彼女が書いた小さな本を、たまたま読んで、わたしは深い感銘を受けた。なんともいいようのない瑞々《みずみず》しさに溢《あふ》れたことばが、目の前で燦《きら》めいていたのである。まったく姿を現さない、というか一緒に暮らしたことのない父親、幼い娘をひとりで外国に旅立たせる母親。尋常ではない環境は、尋常ではない魂を生み、育てた。

也哉子さんは、19歳で本木雅弘さんと結婚、そして、その年、この本を書いた。その中に、スイスの高校を卒業後、生まれて初めて父と母と3人で旅行をしたときのことを書いた一篇がある。

也哉子さん、希林さん、裕也さんはヴェニス、パリを訪ねる。父はかつてパリで自分が携わった映画の話をする。しかし、ちっとも関心を示さない母子に、「少しは気をつかって、芝居でもいいから興味深そうな返事ができないのか！」と怒る。そして、その後は、高級レストランでお決まりの「大乱闘」。そういう父なのである。そして、元の生活に戻ってゆく。この短い文章は、こんなふうに終わっている。

旅の終わり、也哉子さんは、父に結婚を告げる。

「それから一週間後、少しずつ三人の旅が夢のような思い出に変わり始めた頃、二年前のクリスマスに、父にもらったビデオテープを見つけた。

『ラン・フォー・パリ（RUN FOR PARIS）』とついたテープをデッキに入れると、画面の中で走っている父がいた。何日か前に三人で歩いたパリの街を彼は走っていた。

車の中の8ミリカメラは、夢中なような、それでいて曖昧な空気の、まるで幻のような、パリを駆け抜ける父の姿をひたすら追っているだけだった。

さんざん走り続けた後、父は小さなカフェに入った。ギャルソンにコーヒーを頼んでカメラが近づくと、ひとこと私に言い放った。

『un amour, s'il vous plaît』

——アン・アムール・スィルヴプレ（愛をひとつ下さい）——

あまりよく知らない人を、私は百パーセント愛している」

まるでそれ自体が映画の中の出来事のようだ。そして、こんな文章が書けるのは、19歳の特権のような気がした。いや、この文章に出てくる「父」もまた、その振る舞いやことばは、「大人」のそれではなく、19歳のそれのように思えた。よく似た父と娘なのである。

2019年、小説『かか』でデビューして以来、目覚ましい活躍で話題をさらっているのが、宇佐見りんさん。その『かか』を、宇佐見さんは19歳で書いた。

『かか』の主人公の「うーちゃん」は19歳の浪人生。母親である「かか」は、離婚の後、精神を病んでしまう。壊れてしまった「かか」をどうすればいいのか。「うーちゃん」は悩み、混乱する。そして、ついにはこんな結論に達する。

「それに気いついたとき、うーちゃんははじめてにんしんしたいと思ったんです。しかしそこらにいるあかぼうなんか死んでもいらない、かかを、産んでやりたい、産んでイチから育ててやりたい。そいしたらきっと助けてやれたのです、そいすれば間違いでうーちゃんなんか産んじまわないようにしつっこく言いつけて、あかぼうみたいにきれいなまんま、守りぬいてあげられたんです。女と母親とあかぼうをにくみ絶対かかになんかならんと思っていたけんど、もう信じられるんはそいだけでした」

宇佐見さんの『かか』は、宇佐見さんが尊敬している作家、**中上健次**の伝説的な傑作「**十九歳の地図**」を思い出させる。この短編の主人公の「ぼく」も、19歳の、「新聞配達」をしている「予備校生」だ。「うーちゃん」が、壊れた「かか」を守ろうとして、ぎりぎりの精神状態に追い込まれたように、もう受験勉強をする気もなく、世間を呪詛《じゅそ》するだけになった「ぼく」は、配達先の一軒一軒を自分の「地図」に書き込み、気に入らぬ家には×をつけ、電話番号を調べては、一方的な憎しみの声を送りつけるのである。

「ぼくは不快だった。この唯一者のぼくがどうあがいたって、なにをやったって、新聞配達の少年という社会的身分であり、それによってこのぼくが決定されていることが、たまらなかった……そうだ、ぼくは予備校生でもある。隙あらば……なにものかになってやろう、と思っている者だ。しかしぼくがなにになれると言うのか」

19歳。押し寄せてくる世間や社会に、立ちすくむ頃。まだ完全には汚染されていない頃。まだ諦めていない頃。まだ無垢《むく》であることが許される頃。そんなことを思った。でも、わたしたちはたいてい、その頃のことを忘れてしまうのだが。

次の総選挙はクビライ・ハンに一票！

クビライ・ハン（もしくは、フビライ・ハン）というと、みなさん、どんなイメージをもたれるだろう。だいたい日本で有名なのは、お祖父《じい》さんの「ジンギス・カン」（チンギス・ハン）の方だろう。クビライ・ハンというと、例の「元寇《げんこう》」をやった人だ。モンゴル帝国改め「元」の王様である。日本に攻めて来て、2回とも「神風」にあってモンゴル帝国艦隊が壊滅したという有名なエピソードである。こんなエピソードがあったものだから、前の大戦では、「また神風が吹く」なんて信じる人がいたらしい。まことに迷惑な人である。

どうして、いきなりクビライ・ハンの話になったのかというと、お正月のあるテレビ番組のため、「世界の有名な王様」について調べることになったからだ。このコラムをみなさんが読まれる頃には、放映しているはずなので、もしかしたらご覧になった方もいるかもしれない。ちなみに、他に登場するのは、順に、アブ・シンベル神殿やルクソール神殿で有名な**ラメセス2世**、世界帝国で有名な**アレキサンダー大王**、「焚書坑儒《ふんしょこうじゅ》」で有名な**始皇帝**、「骰子《さい》は投げられた」や「ブルータスお前もか」といった名言メイカーの**カエサル**、そして、**ナポ**

レオンである。もともと、それなりに知っていた王様もいた。たとえば、カエサルさんに関していうなら、彼が書いた『ガリア戦記』（近山金次訳　岩波文庫）を読んだことがあった。これはもう驚くべき名文で書かれた歴史書で、作家が王様になった希有《けう》な例だと思う。なので、番組が始まる前から「推し」はこの人と決まっていた、ところが……調べてゆくにつれ、最初の決心が揺らいできたのである。

たとえば、カエサルさんは、文章が上手《うま》すぎるというより、頭が良すぎて、他の連中を見下すところが目についてきた。王様より、絶対、作家になるべき人だったのだ。

ナポレオンさんは、大衆に対して、自分を如何《いか》に立派に見せるかという点に心血を注いで、「ナポレオンすごい」を掲載するための雑誌や新聞を作り、「ナポレオンカッコいい」だけの絵を画家に描かせた。しかも、自分の失策については全部無視。そのせいで、だんだん、ナポレオンがトランプに見えてきた。

家庭教師がアリストテレスという点で有望そうだったアレキサンダーくんも、東方遠征の最後に、現在のアフガニスタンあたりに侵入して、ひどいしっぺ返しをくらってしまう。タリバンにやられた2300年後のソ連やアメリカと同じである。ダメか、この人も……。

始皇帝は儒者を生き埋めにしてる時点で、『論語』を翻訳した者としては親の仇《かたき》のようなものである。まあ、わたしの始皇帝の知識は、ほぼ、マンガ『キングダム』（原泰久　集英社）からのものしかないのだが（アレキサンダー大王の知識も、ほぼ岩明均《いわあきひとし》のマンガ『ヒストリエ』経由）。

意外に高評価になったのが、ダークホースのラメセス2世だった。ラメセスさんは、エジプトの王様＝ファラオで、わたしのファラオに関する知識は、ほぼ細川智栄子あんど芙～みんのマンガ『王家の紋章』（秋田書店）に限られている……こう書いてみると、わたしの知識の3分の1はマンガ経由なのかも……。せいぜい知っているのは、ラメセスさんが、旧約聖書に登場して、モーゼの出《しゅつ》エジプトを邪魔した悪い王様であることぐらいだ。ところが、調べてみると（『ラメセス2世』ベルナデット・ムニュー著　吉村作治監修　創元社）、このラメセスさん、たいへんな名君だったようなのである。

巨大神殿を築いたことはもう書いたが、その神殿を筆頭とした公共事業では労働者たちに大盤振る舞いをして、エジプト国民の労働意欲は大いに高かったようだ。いい王様ではないか。それればかりではない、70年近い治世の間に、始めた戦争は僅かに1回！　しかも、その戦争をした相手である近東の大国ヒッタイトと歴史上初の「平和条約」を結んだのである。中身は「武力行為の永久停止」「平和と友好の約束」「相互不可侵と相互援助」。もう、ラメセスさん、日本に来て！

しかし、こんなことで驚いてはいけない。真打ちはクビライ・ハンさんである。

もともと、わたしは、クビライ・ハンさんには親近感を抱いていた。あの、『東方見聞録』の**マルコ・ポーロ**さんをアドヴァイザーにしていたからである。物語作家を秘書のように扱ってくれる段階で、もうリスペクト決定だ。しかも、その統治の仕方が想像を絶していたのである。

『チンギス・ハンとモンゴル帝国の歩み』（ジャック・ウェザーフォード著　星川淳監訳・横堀冨佐子翻訳　パンローリング）を読んでいると、クビライ・ハンさんの統治の凄味《すごみ》がよくわかる。

まず、クビライ・ハンさんはお祖父さんのチンギス・ハンさんが武力で達成できなかった、全中国の征服と統一を完成し、モンゴル人として初めて中国名の国「元」を造った。そのとき、クビライ・ハンさんが最初にやったのは「中国人ファースト」だった。占領している、というか、統治しているモンゴル人より、圧倒的に中国人の方が多いので、なにもかもみんな中国式でやることにしたのである。もちろん、役人や要職に、どんどん中国人を登用した。そればかりか、「才能があれば誰だっていいよ」と、優秀な外国人をどんどん雇ったのである。マルコ・ポーロさんがそのいい例ですね。

さて、クビライ・ハンさんは、前の支配者だった「宋」の国とは異なった「モンゴル式改革」を行った。こんな感じである。

・法律を大事にした。

・税金を減らした。
・厳しい罰則をゆるめ、死刑の数を劇的に減らし、現代の国々よりも少なくなった。
・拷問の廃絶に努めた（この頃、ヨーロッパでは教会を筆頭に拷問をしていた）。
・役人を雇うのに試験制度を廃止して、幅広く人材を求めた。その中にはたくさんの外国人やイスラム教徒もいた。
・どの行政部門にも中国人と外国人が混在し、グローバルが当たり前だった。
・地方では硬直した官僚制度の代わりに直接民主主義を導入した協議会を作り、政治への市民参加を推進した。
・識字率を高めるために歴史上初めて公立学校を造った。その数2万以上。西洋で一般国民の子どもに公教育が提供されるのは、この500年後である。
・信教の自由はきわめて重視されていた。
・流血や暴力を嫌悪する文化だった。
・征服者のモンゴル文化（言語や宗教）を被征服民に押しつけなかった。
・ひとことでいうなら、多様性と寛容が社会の根本原理であった。

どうですか？　これ、いまから750年も前のことなんですよ。次の総選挙では、わたし、クビライ・ハンさんに一票入れます！

だいたい夫が先に死ぬ

2020年の日本人の平均寿命は、女性が87・74歳、男性が81・64歳。女性は世界1位、男性は世界2位なのだそうだ。すごい……のだが、わたしも今年（22年）で71歳。80代も「手の届く」ところにあるような気がして、なんだか複雑。

そういうわけで、女性の方が6歳ほど長生きなのである。では、夫婦という関係に観点を移して、夫婦の年齢差の平均はどのあたりか、ご存じだろうか。ちゃんと統計はあって、全婚姻の平均年齢差は、ほぼ2歳だそうだ。もちろん、夫が妻より年上だ。

ということは、日本の夫婦は、平均して「夫が先に死んで、その後、妻が8年生きる」ことになるはずである。まちがってませんよね、この計算。では、その「（平均の）8年」を、妻たちは、どう生きてゆくのだろうか。

『海が走るエンドロール』（たらちねジョン　秋田書店）は、まだ第1巻が出たばかりだが、いまいちばん続きが読みたいマンガだ。

ヒロインの「うみ子さん」は65歳。愛する夫が亡くなって少し経《た》ち、なんとなく出かけた映画館で、映像専攻の美大生「海《カイ》」という若者と、偶然出会う。そして、壊れたヴィデオデッキの修繕を頼んだついでに、たまたま家にあった映画（しかもDVDではなく、VHSヴィデオの）『老人と海』（ジョン・スタージェス監督の傑作！）を一緒に観るのである。映画館、ヴィデオ、映画への「うみ子さん」の思いを感じた、「海」くんは、不意にこういうのである。

「うみ子さんさぁ、映画作《こ》り《つ》た《ち》い側なんじゃないの？」

驚き、立ち尽くす「うみ子さん」に、さらに、こう続けるのだ。

「そんな人間はさ、今からだって死ぬ気で、映画作ったほうがいいよ」

かくして、夫を亡くし、するべきことがなかった「うみ子さん」は、自分の中に隠れていた情熱を掘り返し、確かに「映画への愛」を、それも「映画を作ることへの愛」を発見する。そんな「うみ子さん」は、「好きなことしたらいいじゃん」と娘から強く背中を押されて、なんと、「海」くんの通う美大に、入学する。「映画を撮る」ためにだ。孫ほどの年齢の学生たちに囲まれながら、大学生としての生活をおくり、やがて、ほんとうに映画を作ろうと決意をするに至るのである。
そこまでが1巻で、これから、「うみ子さん」が作るはずの映画が観られる予定。けれど、そのヒントはすでに描かれている。途中、「うみ子さん」が、折々に、スマホで撮っていた日常の光景（日記代わりに撮影した料理のスナップ）を、「海」くんが、みんなの前で公開するシーンがある。そして、「海」くんはこういうのである。

「うみ子さんの作品、フツーにすごい面白いから」

描かれるべきなのは、フツーの人の、フツーの日常なのか。今後を刮目《かつもく》して待ちたい。

この『海が走るエンドロール』と、同じような背景を持つ作品、というと、やはり芥川賞を受賞し、映画化もされた、**若竹千佐子**さんの『**おらおらでひとりいぐも**』（河出文庫）。
専業主婦だった若竹さんは、55歳のとき夫に先立たれると、長男の勧めで小説講座に通いはじめた。やがて、２０１７年にこの作品でデビューする。そのとき、若竹さんは63歳。おお、ほとんど「うみ子さん」だ！
主人公の「桃子さん」は、愛する夫の「周造」と死に別れた。いまは70代。そして、ただひとりで暮らしている。そんな「桃子さん」の頭の中では、いままで抑えていた故郷のことば、東北弁がうごめいている。というか、まるで、自分の中に、たくさんの人間がいるみたいだ。

「有り体《てい》にいえば、おらの心の内側で誰かがおらに話しかけてくる。東北弁で。それも一人や二人ではね、大勢の人がいる。おらの思考は、今やその大勢の人がたの会話で成り立っている。それをおらの考えど言っていいもんだがどうだが」

「桃子さん」は、その内側から聞こえてくる声に耳をかたむける。夫を亡くし、子どもを育て上げ、「世間から必要とされる役割をすべて終えた」女は、どうすればいいのか。そうか、自由にやればいいのだ。自由に生きれば。

「おらは後悔はしてねのす。見るだけ眺めるだけの人生にそれもおもしぇがった。おらに似合いの生き方だったんでも、なしてだろう。ここに至って
おらは人とつながりたい、たわいない話がしたい。ほんとうの話もしたい」

「ほんとうの話もしたい」と覚悟を決める「桃子さん」は、小説講座に通い、8年かけて

『おらおらでひとりいぐも』を書いた若竹さん自身のことだろう。

そして、もう一冊。柴田トヨさんの、詩集『くじけないで』（飛鳥新社）。トヨさんは、1911年（明治44年）に生まれ、2013年（平成25年）に101歳で亡くなった。90歳を過ぎ、息子に勧められて書き始めた詩をまとめ、98歳で出版。その『くじけないで』は、ミリオンセラーとなった。

「目を閉じて

目を閉じると
お下げ髪の私が
元気に
かけまわっている

私を呼ぶ　母の声
空を流れる　白い雲
何処までも広い
菜の花畑

九十二歳の今
目を閉じて見る
ひとときの世界が
とても　楽しい」

どれも単純な詩ばかり。いわゆる「優れた詩」ではないのだろう。けれども、読者は、そこに、誰もが持っているのに、ついに表現されることなくずっと隠されていたなにかを感じたのである。愛する夫との別離、理解ある子ども、表現したいという情熱。それらが揃《そろ》うと、こんな奇跡が起こるのだ。しかし、女性の例はこんなにあるのに、男性版が見つからないんだよね。あっ、先に死んでるからか……。

誰かのいい子

わたしがパーソナリティーをやらしていただいているラジオ番組には、よく**ブレイディみかこ**さんと、**ヤマザキマリ**さんに登場してもらっている。ご両人とも、海外生活が長く、パートナーが非日本人で、なおかつ、男の子がひとりいるというところまで共通だ。そんなおふたりが、最近刊行されたのが、どちらも、その息子についての本なのである。わたしは、その2冊の本を読み、いろいろなことを考えた。というか、考えさせられた。わたしの手元にも、いま、ふたり、高校生の男の子がいる。子どもを育てることは、たいへん難しい。もとより、生きることにも正解はないが、自分に関してなら、失敗しようと成功しようとかまわない。けれど、子どもの場合はちがう。どう向かい合えばいいのか、悩むばかりだ。そして、ブレイディみかこさんとヤマザキマリさんが描く、息子たちの言動に触れると、思わず、こう呟《つぶや》くのである。

「いい子だよなあ……」

実は、当のブレイディさんに、その旨を告げると、こう即答された。

「いい子っていうのは、誰かの『都合のいい子』ってことでもあるのよね」

まことにしみ入ることばではあるまいか。

そんな、ブレイディみかこさんが2021年に刊行された本が『**ぼくはイエローでホワイトで、ちょっとブルー2**』（新潮社）。国民的ベストセラーになった本のパート2である。主人公の「息子」が、わけありで、「元底辺中学校」に通い始めたのが前作。パート2では、「その後」が描かれている。13歳になった「息子」に、さらに次々と試練が訪れているようだ。というか、日本ではなかなかお目にかかれない問題にぶつかるのである。たとえば。

「息子の学校にはノンバイナリーの教員が2人いる。英国では人気シンガーのサム・スミスがノンバイナリーであることを発表したりして大きな話題になったが、『第三の性』とも表現されるこの言葉は、男性でも女性でもない、性別に規定されない人々のことを表す」

そして、そのノンバイナリーの教員は「自分が担当するクラスの子どもたちには、自分は男性でも女性でもないということや、生徒たちにどう呼ばれたいかということを最初の授業

で説明するという」のである。he? she? it? they? それとも、まったく新しい言葉を作る? さらに、

「第三の性の次にわが家の食卓の話題にのぼったのはパレスチナ問題だった。イスラエルとパレスチナの問題をニュース番組で取り上げていたとき、息子が、パレスチナ人の少年が同じ学年にいると言ったのである。北部の学校に通っていたのでリヴァプール訛りが強いことを除けば、特に目立つ子ではないらしい。

『でも、僕はイスラエル人をぶっ殺してやりたい、って言うんだよね』」

世界の問題がどんどん流れこんでいる環境の中で、典型的な労働者である、ブレイディさんの「配偶者」は「息子」にこういうのだ。

「『むかしからそういうのはある。俺がティーンの頃は、英国人をぶっ殺したいってイキがるアイルランド人の少年たちがたくさんいた時代だった……IRAが暴れ始めた時代で、俺はアイリッシュが多いロンドンのカトリックの中学に行ってたから、そういうマッチョな男子生徒がいっぱいいた。そういう点では、俺はほら、あれだったな。お前が言ってた、ノンバイナリー。俺はだいたいアイルランドに住んだこともないんだから、アイルランド人でも英国人でもないし、信仰熱心じゃないから、カトリックでもプロテスタントでもない。どっ

ちにも属さない。別にジェンダーの話だけじゃないんじゃないの?』『……父ちゃん、いまなんか、ちょっと深いこと言ったね』みたいな顔つきでフォークを握りしめている息子をちらっと見てから、配偶者はまた新聞を広げて老眼鏡をかけた」

世界の縮図のような複雑な環境の学校で、優しさと寛容さと世界への深い関心を失わない「息子」を支える、父と母。いや、こんなふうに、子どもを育てられればいいな。

ヤマザキマリさんの『**ムスコ物語**』(幻冬舎)は、これまで何度か書かれた、ヤマザキさんの「ムスコ」、山崎デルスくんの物語だ。世界を飛び回るヤマザキさん自身については、本人が繰り返し書いてきたので、読まれた方も多いだろう。オーケストラのヴィオラ奏者でシングルマザーで独立自尊の母親の下で育って、14歳でヨーロッパひとり旅。17歳で高校を中退してイタリア留学。その間に、妊娠出産してシングルマザーに。一時帰国して、マンガ家・イタリア語講師・テレビリポーターと八面六臂《ろっぴ》の活躍。さらに、14歳年下のイタリア人の研究者と結婚。シリア、ポルトガル、アメリカ、イタリアと放浪を続けた。もちろん、ムスコも一緒にである。言葉も習俗もまったく違う世界を移動してゆく。母親であるヤマザキさんもたいへんだろうが、ムスコの方もたいへんなのだ。

本の最後に、ヤマザキさんではなく、デルスくんによる「あとがき」が置かれている。

「『デルス。いきなりで悪いんだけど、シリアに引っ越すことになったから』

学校から帰ってくると、自宅の玄関で腕を組んで仁王立ちをしていた母ヤマザキマリにそう告げられた。私はただ黙って開けたばかりのドアノブを摑んでいた……ひとり部屋に戻り、うつ伏せにベッドに蹲《うずくま》った私は一日も早く大人になりたいという衝動に駆られた。子供というだけで、親のどんな理不尽な決定にも耐えなければならないのが、悔しくて仕方がなかったのだ」

わかるよなあ、その気持ち。

「母は私に失敗を含めたありとあらゆる経験を推奨し、逆に勉学や教育がそれらの妨げとなることを望まなかった。言い換えれば、私個人が社会的な風習に縛られたり、妥協して長いものに巻かれることを、母は何よりも嫌っていた……息子にとってこの世で誰よりも理不尽でありながらも、お人好しなほど優しい人間である母ヤマザキマリ。そんな母のおかげで国境のない生き方を身につけられた私は、おかげさまでこれから先も、たったひとりきりになったとしても、世界の何処であろうと生きていけるだろう」

「いい子」の文章だと思う。誰かにとっての「都合のいい子」ではなくね。

臨終、晩年、そして……

山田風太郎の『人間臨終図巻』（1〜4巻　徳間文庫）は真に驚くべき本である。

古来、文学において、最大のテーマは「恋愛」と「死」であった。たいていの小説には、そのどちらかが、もしくは両方が描かれている。なぜなら、人間というものの、いちばんの好物は「恋愛」で、いちばん嫌いなものは「死」であるからだ。いろんな意味で、人生という舞台で、もっとも盛り上がるシーンが、この両者であることはいうまでもない。

だったら、そればかりを登場させてみたらどうだ？　そう思ったわけではあるまいが、山田風太郎は、最初から最後まで、ぜんぶ「死」ばかりという長大な実録作品を描いてみせたのである。わたしが読んだのは高校生の頃で、おもしろくってびっくりした。ただ「死ぬ」だけの話なのに！　ちなみに、もう一方の「恋愛」ばかりを描いたのが、希代の漁色家**カザノヴァ**である。生涯で1000人の女性とベッドインしたといわれる彼の自伝『**カザノヴァ回想録**』（窪田般彌訳　河出文庫）には、噂《うわさ》では、その恋愛経験がぜんぶ書いてあるというので、実は、購入してもいるのだが、まだ読んでいません。ほんとうに、そんなものがおもしろいのかいまいち自信がないからだ。いい機会なので、近々読んでみて、その中身についてもお知らせしたいと思います。

「(他人の)恋愛」はおもしろいかどうかわからないが、「(他人の)死」は、興味がつきない。『人間臨終図巻』を読む者は、誰だってそう思うだろう。全4巻で、およそ1800頁、登場人物(みんな死んでしまうのだが)はざっと900人。ということは、ひとりあたり、2頁も出番がない。当然のことながら、その人物の死の瞬間に向かって、記述は集中してゆく。

この本の工夫は、死んだ年齢順に、並べられていることだ。多くの読者は、まず自分の年齢と同じ死者のところから読むようである。だから、わたしは、今回71歳から読んでみた。近松門左衛門、コナン・ドイル、島崎藤村、チャンドラー、江戸川乱歩。なんだか複雑な心境だ。

ちなみに、いちばん最初の項目は「十代で死んだ人々」で、まず、八百屋お七(15歳)、大石主税《ちから》(15歳)、アンネ・フランク(16歳)、森蘭丸(17歳)、天草四郎(17歳)、藤村操《みさお》(17歳)、山口二矢《おとや》(17歳)、ジャンヌ・ダルク(19歳)と続く。

若くして亡くなって、記録に残るような人間は、純粋な方々ばかりのようだ。

討ち入りで有名な赤穂浪士の指導者・大石内蔵助《くらのすけ》の息子・主税の最後のエピソードはこう。

「翌元禄十六年二月四日午後四時ごろ、切腹の呼び出しを受けたとき、堀部安兵衛が、『拙者もただいま』と、声をかけた。主税はにっと笑って、死の座へ出ていった。

このとき検使の席にあった松平隠岐守が、万感迫った顔で、
『主税、内蔵助に会いとうはないか』
と、きいたところ、主税は首をかしげ、すずしくほほえんで、
『お言葉で思い出しました』
と、いった」

これで15歳っていうんだからねえ。

超大作『人間臨終図巻』は、およそ９００人の「臨終」を伝えた後、泉重千代で終わっている。１２１歳であった。当時の『ギネス・ブック』で世界最長寿とされた人物である。最後の数カ月は、寝たきりだったが、
「ふとんの中で指を折り、『一、二、三……』と数えては、『オレは馬鹿《フリム》じゃない』とみずから納得し、亡くなる直前にも『焼酎おくれ』といつもの重千代翁ぶりを発揮していた。最後は、痰《たん》を詰《つ》まらせ、『アッ』と軽く声をあげたきり、眠るような大往生であった（「週刊文春」昭和六十一年三月六日号）」

１９８０年代に、『臨終図巻』を書き終えた後、なおもしばらく、山田風太郎は生きた。そのとき、多くの読書家が、「その後」を読みたいと思った。なにしろ、「死者」は、続々と「生まれる」からである。しかし、そんな大仕事をできる者がいるだろうか。第二次大戦

の、大量の無惨な死を目にした山田風太郎だからこそ可能だった力業なのである。

そこに敢然と登場したのが、関川夏央の『人間晩年図巻』（岩波書店）であった。

関川さんは、その1巻目（1990〜94）の「あとがき」に、山田風太郎が筆を擱《お》いた後、「それ以降に死んだ人は書かれずに気の毒ではないか、というのが最初の発想であった」と書いている。とぼけたことをいう人である。けれども、関川さんには、大傑作『「坊っちゃん」の時代』（谷口ジローが描いたマンガの原作）がある。そこで、関川さんは、明治の作家たちの、それこそ「臨終」の風景をたくさん描いたのだ。まことに、「臨終」第2部に、これほど適した作家は、他にはいないと思えた。

ただし、二番煎じにならぬよう、『人間晩年図巻』には、独特の配慮がされている。まずは、年度別に、1990年以降に亡くなった人たちを順にとりあげることにした。そして、「臨終」そのものより、平均余命が延び、長くなった「晩年」を中心にすえたことである。そのため、ひとり平均2頁だった『臨終』に比べ、1篇の枚数は大幅に増えた。第1巻では260頁強で34篇（37人）。ひとりあたりでは、8頁弱。山田の「死者」より、4倍のスペースが与えられ、その結果、どれも味わい深い短篇の趣があるし、どれを読んでもおもしろい。当然のことだが、読者は、その登場人物が、いつ亡くなるか知っているのに、当人は知らない。それは、いつか、わたしたち自身がたどる運命でもあるのだが。

『晩年図巻』には、この企画の先達、山田風太郎も登場している。書く側だった人物が、書かれる側に回る。なんともいえない感じがする。

山田風太郎は、69歳で小説の筆を擱いた。書くべきものがなにも出てこなくなったからである。その2年後、半世紀にわたって書いてきた日記も終えた。亡くなるのは、その7年後で、山田風太郎は、ずっと、一日中ウィスキーを飲み、ときどき散歩をして過ごした。どんな気持ちだったのだろうかと、71歳の小説家であるわたしは思うのである。

『晩年図巻』は現在のところ、「2008―11年3月11日」と題された巻までが出ている。そしてこの巻だけ日付が入っているのである。登場する最後の死者は「昆愛海《こんまなみ》ちゃんのママ」昆由香（岩手県宮古市の主婦、水産業、32歳）さん。巨大な津波が、由香さんら家族をさらっていき、ひとり、4歳の愛海ちゃんだけが残された。取材したカメラマンに、愛海ちゃんは、ママに手紙を書くと言い出し、覚えたばかりのひらがなで手紙を書いた。

「ままへ
いきてるといいね
おげんきですか」

本はまだ続いている。

「これは、アレだな」したくなる本

実は、他にテーマは用意していたのだ。だが、それとは別に、とんでもなくおもしろいものを見つけてしまったので、予定変更である。

教えてくださったのはブレイディみかこさん。ブレイディさんの推薦本にまちがいはない。いや、わたしの本も推薦してもらってますが。

その本というのが『ニッポンの音楽批評150年100冊』（栗原裕一郎、大谷能生　立東舎）だ。これは、「日本人は、どうやって音楽を語ってきたのか」をテーマにして、名著100冊を（中心に）読み解いたもの。そんなものおもしろいのか、と思うでしょ。実は、手にとるまでは、わたしもそう思った。ところが、もう、読んでびっくり。

まず、江戸時代末期、ペリー来航から始まる。ペリーは日本を鎖国から開国に導いたのだが、それだけではなかった。

「1853年7月14日……大統領親書の受け渡しのため」、ペリーは随員と共に久里浜に上陸したが、そのときおよそ40名の少年鼓笛隊と軍楽隊を伴い『ヘイル・コロンビア』や『ヤンキー・ドゥードゥル』などが演奏された」ようだ。実に、洋楽が日本という国に鳴り響いた歴史上初の瞬間なのである。

すごいのは、そのことではなく、そのときの感想が文書として残っていることなんですね。

「今日久里浜にて、異人上陸するや否や音楽をいたし、太鼓を打ち立て、並びに備え押しの次第、中々人間わざと見え申さず
太鼓の打ち様、トントントントントトトトン大いに面白き打ち様成」

これは、楽団の演奏を見学していた薩摩藩士の感想らしいのだが、生まれて初めて聴く洋楽のグルーヴを感じているのが素晴らしい。太鼓だからわかりやすかったのだろうか。あるいは、若者らしい柔軟さで、新しいものに飛びついたのかもしれない。この藩士、もしかしたら西郷さんにも報告したかも。

とはいえ、真逆の反応もある。

こちらは、翌年、和親条約の交渉のため再度来訪したペリーが、日本側要人を招いて饗《きよう》宴《えん》を催したときの事件。このときは、軍楽隊だけではなく、黒人に仮装した水兵による「ミンストレル・ショウ」……まあ簡単なミュージカルですね……これを見学した武士たちの感想も読めるのである。

「……三味線二人、小弓二人、太鼓一人、四竹一人、横笛一人、鐘一人、又クロンボウ数人をとり候由、又我浦賀与力もをとり候者有之候由」

なんとなく、ギター、ヴァイオリン、ドラムス、カスタネット、フルート、シンバルでは

ないかと思うけど、ちがうかも。しかし、この「浦賀与力」、自分でも「をとり」に参加してる！　なんてノリがいい侍なんだ。たぶん若かったんじゃないかな。ちょっと、筒井康隆さんの「ジャズ大名」の中にありそうなシーンだ。

とはいえ、日本人全員が「をとり」に参加するほどノリノリだったわけではなく、その様子を眺めながら、「松代藩の医師兼御用絵師であった高川文筌《ぶんせん》」さんは、苦虫を嚙《か》みつぶしたような顔つきで（たぶん）、こんな感想をもらしているのである。

「あるいは異形の面を作って**開口閉目**して**吐舌**、また**惟墨面朱口**……立ちて相対し、以て**脚頭漫舞**す。ある時は一足飛びにつまだち、走るにその疾きこと**乱蝶の如し**」

いや、水兵が激しくダンスしている様子が、よくわかるではありませんか。すごい観察力だ。なのに、最後の感想はというと。

「その曲その情、何らの滑稽か、いまだ察すべからず。ただ大啞して頷耳に解さんと欲す。この戯曲の至るを知らず、殆んど我を愚弄するものか」

高川さんは、いくら真剣に聴いてもわからなかったので、バカにされたと思ったようだ。ライヴの聴き方がわからなかったんだな。音楽なんだから、意味なんか考えずに、薩摩の（たぶん）若者みたいに、ノレればよかったんだけど。

ノル若者とノレないおじさん。実は、冒頭のこのエピソードは、江戸末期からずっと、繰り返されるのである。ロックンロールとエルヴィス・プレスリーが流行《はや》ったとき、ビートルズがやって来たとき、ロックやニューミュージックが一世を風靡《ふうび》したとき、たいていのおじさんは、「殆んど我を愚弄するものか」と怒ることになるのである。

とはいえ、この本の、「これ、アレ」している部分は、実はそこではない。「ノル若者」と「ノレないおじさん」以外の人たちが出現する。そして、そんな彼らこそが、この国の文化の中心になってゆくのである。

読み進めてゆくと、まことに不思議な現象、というか事件が起こっているのがわかる。

まず、「日本初の近代的音楽論争」が1895年（明治28年）に、森鷗外と当時まだ帝大生だった上田敏（弱冠21歳）の間で交わされるのだが、テーマは『ワグナーのレチタティーヴォ』について」だった……って、わたしにもよく意味がわからない「高度な重箱の隅突きから始められ」た。実は、「日本でオペラが上演され始めるのは明治も40年代を過ぎてからのことなので、この時点での彼らの知識は、基本的に活字で得られるものが中心であっただろう」。

つまりですね、誰も聴いたことがない音楽について、当人たちもよく知らないのに文献だけで、論争をしちゃったのである。いい度胸だ！

しかし、このスタイルこそ、音楽だけではなく、近代日本文化を貫く根本的なやり方となってゆく。この論争どうなったかというと、ですね。こうなりました。

「この日本で初めての本格的ヴァーグナー論争は……少く共ヴァーグナーとは何やら大変な

音楽家らしいという程の空気を読者に伝えたと推察される」

かくして「この時期はワーグナーの音楽自体は日本にはほとんどまったく入ってきていない」にもかかわらず「活字からの情報だけで……明治文壇に吹き荒れたワーグナー・ブーム……若手文学者のほぼ全員が罹患するほどこの疫病は猖獗《しょうけつ》を極めた」のである。

笑ってはいけない。近代文化を受け入れるということは、こういうことなのである。実は、この部分を読みながら、わたしは涙を禁じ得なかった。文学でも美術でも、同じことが起こったのだ。あらゆる文化の場面で、先達たちは、見たことも聴いたことも読んだこともない西洋の情報に右往左往して、新しいものを作ろうとしたのである。至る所に、「これは、アレ」が存在したのだ。

文壇デビュー前の芥川龍之介が、コンサートに行って「ベエトオフェンなどと云う代物は、好いと思えば好いようだし、悪いと思えば悪いようだし、更に見当がつかなかった」けど、西洋の文献にはすごいと書いてあるらしいから、なんとなくいいんだろうと思って聴いている様子なんか、もう超カワイイし、日本でレコード批評という文化を作った野村胡堂が、一度も聴いていないベートーヴェンの「第九」のレコード紹介を、まるで聴いたかの如《ごと》く熱筆をふるった……とか、よく考えたらこれ捏造《ねつぞう》の元祖？

＼女ふたりで暮らす／

ちょっと、今回は文体が変かもしれません。というのも、『阿佐ヶ谷姉妹の のほほんふたり暮らし』（幻冬舎文庫）を読んだせいです。以前読んだときにも、しばらく文章の具合がおかしかったです。どうも、阿佐ヶ谷姉妹さんの文章を読んでいると、その文体が「伝染《うつ》る」みたいです。ウイルスでもいるんでしょうか。

阿佐ヶ谷姉妹さんはご存じですね。とてもおもしろい芸人さん。渡辺江里子さんと木村美穂さんのふたりで構成されている女性ユニットです。江里子さんが姉、美穂さんが妹と役割も分担されていますが、姉妹でもなんでもない赤の他人。いいんでしょうか、それで。コンビを結成されたおふたりは、ついには同居に至りました。6畳1間にふたり。ぜったい無理だ。わたしなんかそう思います。美穂さんならずとも、こう思うのがふつうじゃないでしょうか。

「姉はふたり暮らしを始めてこのかた1人になりたがるそぶりをまったく見せたことがないのです。私が1人になりたがると、なんだか寂しそうな顔をするのです。

いや、おかしいでしょう。家でも一緒、移動も一緒、仕事も一緒、帰りも一緒なのにですよ！　絶対おかしい！　何かあるんじゃないの？」

もう一度書きますが、6畳1間にふたり暮らし。でも部屋のまん中にコタツを置いてその両側にふたりは布団を敷いて寝る。部屋はもうそれだけでいっぱい。ちなみに、引用箇所をお読みになればわかるように、姉と妹は、気質も好みもまるでちがいます。

姉はご飯担当で、妹は掃除担当。姉はジブリ作品では『風の谷のナウシカ』が好きで、妹は『もののけ姫』が好きで、『ナウシカ』も見るけど、巨神兵がドロドロになるところとか、『天空の城ラピュタ』でムスカの軍隊がやられるところ（空から落ちるところですね）が好き。姉は、ヒューマンな家族ものの映画が好きで、妹は『ハンニバル』（レクター博士が脳味噌《みそ》を食っちゃうやつ）が好きで、夜中に熱中して見てたりするので、姉は怖がります。姉は夏が好きで、妹は冬が好き。だから、クーラーの設定温度を巡ってバトルが発生します。姉の悩みは「大人の会話が出来ない」事で、妹の悩みは「うちの観葉植物の植木鉢に次々と発生するヤスデをどうすればよいか」。姉はやたらと忘れ物が多く、妹はその意味がわからない……。なにもかもちがうのに、でも、ふたりは一緒にいると心地よい。いったい、それはなぜなのか。最後に、その秘密のヒントが一寸《ちょっと》だけ出てきます。それは、作ったシチューを妹が自分の分だけよそって、姉（私）の分を持ってきてくれなかったことに、ムカついたときのお話。「あの冷血人間め〜なんてカリカリして」いた姉は、落ち着いた後、こう考えます。「私がそうしているから、あちらにもそうしてもらえるものだと思っている所から、ものさしが狂い始めるのかも……実際夫婦でも家族でもない2人が、たまたま生活様式を共にしているだけで、本来は個個。むしろ、私がみほさんにしている事は、頼まれてやっている事でもなく、こちらがよしとしてやっている事なのだから、それを相手に勝手に求めて勝手に腹を立てたりするのは、変な話で。やってもらう事は『必須』でなく『サービス』なのだ」

ほんとうの姉妹ではないからこそ、家族のあり方に気づけるんじゃないでしょうか。阿佐ヶ谷姉妹を見ているときの心地よさの理由は、こんなところにあるのかもしれませんね。最後に、ふたりは、ふたり暮らし生活を解消します……でも、隣同士になっただけなんですが。

ところで、「女ふたり」といえば、韓国でベストセラーになって去年翻訳された『**女ふたり、暮らしています。**』（キム・ハナ、ファン・ソヌ著　清水知佐子訳　CCCメディアハウス）も同じです。友人になったふたりが、一緒に家を買い、一緒に住む。そして、このふたりが、正反対のところも、阿佐ヶ谷姉妹と同じ。ちなみに、ふたりとも40代というところも同じ！元コピーライターのキム・ハナさんは、食べるのが大好きで、掃除が好きで、家には出来るだけものが少ない方がいいというミニマリストで、整理魔。一方の元編集者のファン・ソヌさんは、料理上手で、小心者で、いったん買ったらなんでもため込む、ものが捨てられないマキシマリスト（ほぼ「ゴミ屋敷」状態）。キム・ハナさんは、「目、鼻、口、耳」なんでも敏感、一方のファン・ソヌさんは「鈍感力」の達人……。この本は、なにもかもまったくちがうふたりが、意気投合し、共同生活をおくってゆく、というドキュメントです。

とにかく、まったくちがう、というところがおもしろい。確かにちがうし、ぶつかり合う。けれども、その「ぶつかり合い」こそが、他人と共に生きる叡知《えいち》を与えてくれるのですね。

「一緒に暮らしはじめた時は互いの極端な違いを受け入れられず、しょっちゅうけんかした……この間にふたりが少しずつ断ち切ったのは、相手をコントロールしようという気持ちだ……相手を変えようとすることは争いを生むだけで、そもそもそれは不可能なことだ」

なるほど、と感心すると同時に、これは、「ふたりで暮らす」以外のすべての関係でも同じではないのか、と思えてきます。あらゆるところで、いろんな人やら、もっと大きなものたちがぶつかり合っている風景を見るにつけ。

この2冊の本は、著者たちのあり方が似ているだけではなく、交互にひとりずつ書いているところも、そして、まったくちがうふたりなのに、だんだん共通の思いへ繋《つな》がってゆくところも、よく似ている。そんな気がします。そして、最後のパートで、キム・ハナさんは、近くの別の家族たちとの、親愛の念に満ちた、同時に距離を大切にした関係について書き、それは、一つの家族が一つのモジュール（単位）であるような「もっと大きな家族」ではないかと記しています。そして、ファン・ソヌさんは、どんな家族よりも密接な関係なのに、緊急のとき、書類に「知人」としか書けないことに異議を唱え、「伝統的な家族の形に合わない家族の姿がきっと増えることだろう」としました。

もしかしたら、「家族」の未来は、「女ふたり暮らし」からやって来るのかもしれません。

ところで、「このマンガがすごい！　2022　オンナ編　第2位」で話題の『**作りたい女と食べたい女**』（ゆざきさかおみ　KADOKAWA）、これもメッチャおもしろいです。同じマンションに住む「たくさん作って食べさせたい女」野本さんと、「たくさん食べたい女」春日さんの物語。それだけなのに、このふたり、家族感が出てきてるんですよね。ちなみに、2巻の最後で野本さんは、自分の性的指向に気づくんですが、この後、どうなるんでしょう。3巻、だいぶ先ですよねえ……。っていうか、姉妹じゃないのに姉妹っていうと、叶《かのう》姉妹がいるんですが、その話、書くスペースがありません！

子どもたちが自分で死ぬこと

谷川俊太郎さんの絵本『ぼく』（絵・合田里美　岩崎書店）を読んで、衝撃を受けた。

いま「衝撃を受けた」と書いたが、それは正確な感想ではない。受けたのは「未知の感覚」で、おそらく「衝撃」に近かったのではないか、と思う。どう感じればいいのかわからなかった、と書いてもいい。そんなことは、滅多《めった》にない。というか、記憶にない。これは、自殺した少年のモノローグという絵本だ。こんな本、おそらく前例がないのではないだろうか。そして、いろんなことを考えさせられた。

この本一冊で、本文は31行。その全文をそのまま引用できるくらい短い。一部を省略して、紹介させていただく。

表紙には少年の絵。小学4年生くらいだろうか。最初の頁には、その少年の本棚が描かれていて、その棚には、「さかな」「しょくぶつ」というタイトルの（おそらく）図鑑、「クロスワード1」、「宮沢賢治」「ファーブル」などの伝記本、「世界の童話1」「小学　国語辞典」「世界　百科事典」などがある。5年か6年生の可能性もあるだろう。たぶん本好きの少年だ。その最初の頁に、この本の最初のことばがある。

「ぼくは　しんだ」
次の頁。夜、月と星を眺める少年。そして、
「じぶんで　しんだ
ひとりで　しんだ」。
次の頁。春、桜の花びらが落ちる中、楽しそうに登校する同級生たちの中にひとりいて、
「こわくなかった
いたくなかった」。

それからは、クラスで他の子たちは楽しそうなのに、ひとりで窓の外を見ていたり、やはりひとりで、海沿いの防波堤に寝ころがっていたり、水たまりに落ちた昆虫を見つめていたり、秋の川沿いの土手を母親と手を繋《つな》いで犬を散歩させていたりする。大都会の雑踏にポツリとひとりでいるのに誰も気がついていないように見えるのはもう死んでいるからだろうか。そんな絵たちに寄り添うように、こんなことばたちが、そっと置かれている。

「あおぞら　きれいだった
ともだち　すきだった

でも　しんだ
ぼくは　しんだ
「いなくなっても
いるよ　ぼく
ぼくは　しんだ
ひとりで　しんだ」
「なにも　わからず
ぼくは　しんだ」

そして、最後に、

「なにも　ほしくなくなって
なぜか　ここに　いたくなくなって
ぼくは　しんだ
じぶんで　しんだ」

読むとわかるように、これは、谷川さんが書いた、「死」をテーマにした「詩」といえるだろう。もちろん、「死」をテーマにした作品は、数えきれないほどある。「死」と「愛（恋）」は、あらゆる芸術作品の二大テーマだからだ。けれど、谷川さんのこの絵本に出てくる「死」には、描き尽くされた感がまるでない。

子どもの自殺を、その内側から描く。そのためには、その子どもになってみなければならない。そんなことができるのは、谷川さんくらい、ということだろう。

「死」は悲しい。特に、子どもの「死」は悲しく、つらい。老人の「死」は、ある意味で必然だが、子どもの「死」は不条理に思えるからだ。まだなにも始まってはいないうちに終わってしまうからだ。そして、「自殺」も悲しい。おとなの「自殺」には理由がある（これも、正確には、「理由」を考えることができる、ということにすぎないのだが）。もちろん、子どもの「自殺」もまた、最近では「イジメ」というようなはっきりした理由が考えやすいものもある。それでも、ほんとうのところはわからない。

そうだ。「死」も「自殺」も、ほんとうのところはわからないものの代表だ。そして、その頂点にあるのが「子どもの自殺」なのである。

この本を読んで、わたしが「衝撃を受けた」のは、「ほんとうにはわからないもの」の正体が、ほんの少しわかった気がしたからだ。それが、どういうものなのかは、ここでは書かない。もっとずっとゆっくり考えてみたい。なにもかも、すぐに結論を出せ、とか、もっとわかりやすく説明しろ、とか、いう人たちが増えたこの世の中で、「子どもの自殺」のように、「ほんとうにはわからないもの」のことを考える時間も必要なのだ、とわたしは思った。

谷川さんのこの絵本は、「闇は光の母」というシリーズの一冊だ。このタイトル、読んだ記憶があるな、と思った。谷川さんの詩に、「闇は光の母」という一篇があるのだ。それは、

「闇がなければ光はなかった
闇は光の母」

という一行で始まり、

「闇は無ではない
闇は私たちを愛している
光を孕み光を育む闇の
その愛を恐れてはならない」

で終わる詩だ。なにより、谷川さんは、名作「生きる」を書いた詩人なのだった。『ぼ

く』の「ぼくは　しんだ」の、薄皮一枚向こうには、輝かしい日の光があるようにも思えたのだ。

久しぶりに、映画『**ヴァージン・スーサイズ**』を観たくなって観た。**ソフィア・コッポラ**監督の、自殺する5人姉妹を描いた名作だ。最初に亡くなるのは13歳のセシリア。そして、しばらくして、14歳から17歳まで残りの4人が一度に死ぬ（原作の『**ヘビトンボの季節に自殺した五人姉妹**』＝ジェフリー・ユージェニデス著　佐々田雅子訳　ハヤカワepi文庫＝では一人生き残ったメアリーが、しばらくして睡眠薬で自殺する）。その理由は定かではない。と同時に、観ていると（読んでいると）、必然であったような気もしてくる。原作の最後で語り手は「彼女たちにはぼくらの呼ぶ声が聞こえなかったということなのだ」と述懐している。そして、最後の一節。

「その孤独は死よりも深く、その場所では彼女たちをもとどおりに復活させるピースは決して見つからないだろう」

久しぶりに、子どもの頃のことを思い出した。あの頃の悲しみは、大人の悲しみよりも、純粋で深かった。そんな気がするのである。

ぼくらの仏教なんだぜ

そういえば、お寺ともお経ともすっかりご無沙汰である。高橋家の菩提《ぼだい》寺は大阪にあるのだが、もう5年近く行ってないし……罰当たりな息子で、ほんとうに申し訳ない。

そんなわけで、幼い頃から思っていたことがある。法事のたびに、お坊さんが唱える「お経」、あれ、どんな意味があるのだろうか。

お坊さんが、木魚を叩《たた》きながら、「ハンニャーハーラーミーター」と呟くたびに、子ども心にそう思った。毎回、聞いているはずなのに、だいたい覚えられないし。この読経が終わると、実家の誰かが、お坊さんに「袖の下」……じゃなくて、なんかお金を入れた紙包みみたいなものを渡すシステムもわからない。すべてが謎のまま、いつの間にか、念仏・僧侶・お経といった仏教関係一切と無縁になっていったのである。わたしですら、そうなのだから、もっと若い人にとって、仏教とはものすごく遠い存在なのではあるまいか。

わたしは十数年、ミッション系の大学で先生をやっていた。そこでは、行事のたびに牧師さんが登場し、聖書から「神のことば」を朗読してくれる。なにがすごいって、「意味がわかる!」のである。「人はパンのみにて生くるにあらず」とか「求めよ、さらば与えられん」とか「一粒の麦地に落ちて死なずば、ただ一つにてあらん、もし死なば多くの実を結ぶべし」とか。もう、名言てんこ盛り。それだけでも、聖書を読む甲斐《かい》がある。わたしのように、信仰心がない人間でも、単純にすごいと思う。それに引き換え、仏教って、ちょっと宣伝不足なんじゃないのだろうか。たぶんいいこともいっているはずなんだが。そう思ってきた。たぶん、同じことを考えたのだろう。**伊藤比呂美**さんが『**いつか死ぬ、それまで生きるわたしのお経**』(朝日新聞出版)で、たくさんのお経の一節を、現代語に訳してくれた。これが、もう最高。

伊藤さんが、お経を自分で訳してみて、気がついたのは「現代詩みたい」ということだったそうだ。どういうこと? そう思うでしょう。伊藤さんによると、「お経のことばの大本にある信心という心の動き」の、そもそも「不可解で、不可思議で、スリリング」なところが、現代詩っぽいのだそうだ。聖書のことばは、もっとモラリストっぽいものね。

そういわれて、伊藤さんの訳で、お経を読むと、確かに「この人、詩人?」とか思っちゃうことがある。

「問いはこうだ。/この骨はおれなのか、おれでないのか。/答えはこうだ。/おれでないとしたところで、この肉体から離れてない。/おれもあいつもみんな白骨。/死んですべてがおれから離れたならば/野辺には白骨だけがしろじろと残る。」

カッコいい……。これは、『往生要集』で有名な源信さんの「白骨観《はっこつかん》」というおことば。なんだか、中原中也の詩みたい。

「悩むな。悲しむな。／私がどれだけ生きようとも、／いつか死ぬ、それまで生きる。／別れは来る。それまで出会う。／私はきみたちに教えた。／自分を救う方法、人を救う方法はぜんぶ教えた。／……／世は常ならぬもの。出会いに別れの来ぬことはない。／悩むな。悲しむな。／死ぬまで生きる。そういうものだ。／励め。脱け出せ。見きわめる力を持て。／その力をかがやかし、何も見えない闇を照らせ。」

これは「仏遺教経《ぶつゆいきょうぎょう》」という、仏陀《ぶつだ》が生前、最後に残した説法だそうだ。いや、これなら、『聖書』に負けないだろう。やるよね、仏陀。

ちなみに、最初に書いた、誰でも知ってる「ハンニャーハーラーミーター」は、この本で、全文8行しかない「般若心経」という短いお経の一部で、伊藤訳では、これが、のべ8頁、全124行の感動的な大作（仏陀の説教）になっている。読めば読むほど、**仏陀さん、イエスに負けてない。**

『源氏物語』や『平家物語』の現代語訳は、デカデカと宣伝するけど、『法華経』とか、マジでやってほしいです。現代人こそ、救いを求めているはずなんだから。いや、実は、知らないところでなにかやっているのではないか。

と思って、YouTubeを眺めてみたら、ありました！

初音ミクの「般若心経ポップ」「般若心経ロック」に、古溪光大《ふるたにこうだい》という人の「般若心経 現代語訳rap ver. 歌ってみた」。なに、これ。般若心経、めっちゃ、ラップに合ってるし。

中には、再生回数580万回超え（23年5月）の赤坂陽月《ようげつ》「般若心経ビートボックスRemix」なんてものも、「坊主バンド」（お坊さんたちのバンド……って、そのままじゃん）による、ほぼロックによる仏教布教ソングまで、多士済々。現役僧侶、頑張ってます。ぜひ、この人たちみんな、フジロックに招待してあげてください。世界を救うため、この国には仏教がある！

ところで、いちばん身近にある仏教的なものは、というと、やはり「お寺の掲示板」ではないだろうか。わたしは、鎌倉に住んでいるので、お寺が多く、当然のことながら、「お寺の掲示板」と遭遇する機会も多い。というか、実は、仕事場がお寺の境内なので、歩いて10秒ほどのところにあるのだ。いまちょっと確認してきたところ、こうなっていた。

「今月の聖語

人は善根をなせば
必ずさかう《栄》

日蓮」

悪くはないが、ちょっとパンチに欠けるかも。「お寺の掲示板」といえば、仏教にとって重要な広告塔的存在のはず。もっと頑張ってもらいたい。たとえば、江田智昭さんが、全国のお寺から収集した2冊の本、『お寺の掲示板』&『お寺の掲示板　諸法無我』（どちらも新潮社）に載っているようなことばが、いまほしい。

「おまえも死ぬぞ　　釈尊」

もう直球勝負してますから、釈尊は。

「お墓参りは、ご先祖様とのオフ会。」

「NOご先祖，NO LIFE」

「ほとけさまに圏外なし」

これしかないのか、現代に生き残るためには（という考え方は仏教的ではありませんが）。

「雨を感じられる／人もいるし
ただ濡れる／だけの人もいる
ボブ・マーリー」

ボブ・マーリー、仏だったのか……。

誰のことばでも受け入れる仏教、ヤバいっす!!

ほんとうは怖い樹木希林

樹木希林さんが亡くなったのは2018年9月。もう4年半以上が過ぎた。亡くなった後、続々と樹木さんの本が出版され、どれもよく売れたようだったが、彼女の「ことば」が求められていたということだろうか。

確かに、大ベストセラーになった『一切なりゆき〜樹木希林のことば〜』（文春新書）を読んでも、ほんとうに身に沁《し》みることばがたくさんある。死を意識し、すべてを悟ったような晩年の言動とあいまって、ほとんど聖人扱いされていたといっても過言ではあるまい。

しかし、「そうではない樹木希林」を読むことができる本がある。『**心底惚れた　樹木希林の異性懇談**』（中央公論新社）である。

これは1976年から77年にかけて雑誌『婦人公論』で、樹木希林が行った対談を採録したものだ。『一切なりゆき』に収められた彼女のことばは、もっとも古いものでも85年。その10年ほど前、まだ、樹木希林が恐れを知らず、尖《とが》ったままだった頃のことばを、いま、わたしたちは読むことができるのである。樹木希林が相手をしたメンバーは渥美清、中村勘九郎、草野心平、萩本欽一、つかこうへい、いかりや長介、荒畑寒村等々。芸能人から文学者、革命家に至る、そんな癖の強い男たちに、樹木希林は鋭い刃《やいば》で斬りかかる。ちなみに、この対談の大半は、樹木希林に改名する以前の「悠木千帆」の名前で行われている。

たとえば、あの「いかりや長介」を相手に、ぐいぐい、セックスについて訊《き》く希林さん。

「こういうことでしょう。終わったあとに、その女の髪の毛をなでてやりたくなるような女ならいいわけでしょう」「まあそうだね。ぼくはセックスというのは中じゃなくて前後だと思うの」（中略）「要するに恥じらいがあったということでしょう。何がよかったんですか（笑）」「だから、最初に言ったでしょう。ぼく個人のあれだから」「もちろん個人の、長さんのあれを聞きたいの。その女のどういうのがよかったんですか、どの部分が。もちろん精神的なものだと思いますよ」「まあ具体的には、ふわっとまたすぐ身をかくすとか、ね」「かわいいのね。男ってずいぶんだましやすいわね、そうやってみると。これを読んだ人、みんなそれをやればいいんだもの」

ドリフの「長さん」に、これだけしゃべらせるって、スゴくないですか。最後に、「長さん」は、「みんなゲロさせられちゃった」と嘆くのだが、ここまで突っこんだ、芸能人同士の対談がポピュラーな雑誌に載った時代があったことに驚く。と同時に、尋常ではない聞き手の強さも感じるのである。まだ20歳だった五代目中村勘九郎（後の十八代目中村勘三郎）

にも、こう。
「セックスは最高だと思うことありますか。おぼれたりする時期というの、あります、今？何日間もみたいに」「おぼれるということは」「ああ、ないの」「ただ、何というか、ほんとに愛し合っていればいいんじゃないですか」「なしでもいいですか」「いや、なしということはないでしょうね」

では、セックスの話ばかりしていたのかというと、そうではない。草野心平には詩の話を、歴史に名を残す偉大な革命家・荒畑寒村には、社会主義の話をするだけの知性を持ち、そして、同時に、そんな彼らからも、きわめて個人的な「愛の物語」を聞き出す希林さん。勉強熱心で、ひとりで映画館や劇場に行っていた渥美清に、そのことを訊《たず》ねると、逆に、渥美から「あなたも、そうじゃない。ぼくは女優さんで、あなたといちばん会うよ」といわれる希林さん。

そして、もう一つ。この本の中で、ほぼ唯一、我々は希林さんが書いた文章を読むことができる。それは、対談の最後にいつも置かれる、短い文章だ。こんな見事な文章を書けるのに、希林さんは、結局書くことを止《や》めてしまった。そこに、希林さんのほんとうの恐ろしさを、わたしは感じたのである。異性対談の最終回、荒畑寒村を見送った後、残した文のラストがこう。

「主義を超えたところで人の幸せを願い、筋を通してきた運動家の、せめて頭脳のぼけていれば救われる不自由さ、私は確かに確かに生を生き生きと生きるむずかしさと苦しみを識《し》りました。

生まれ生まれて生の暗く、だから死に
死んで死の終わりに冥《くら》いであろう私。

この対談の終わりにあたって、まさしく私の人生における仏の〝機縁〟を感じ、ただ、ありがたく思います」

実は、この『心底惚れた』を読んで気づいたことが一つある。これとまったく同じ感想を抱いた本を、以前に読んだことがあったのだ。その『JOHNNY TOO BAD 内田裕也』（文藝春秋）は、モブ・ノリオによる、内田裕也を主人公にした評伝風小説「ゲットー・ミュージック」と、内田裕也が1986年に『平凡パンチ』で行った連載対談「内田裕也のロックン・トーク」をくっつけて（！）合本にしたものだ。

この、ロックンローラー・内田裕也の対談の相手となったのは、闘争中、駅を焼き打ちしケーブル線を切断して話題になった過激派労働組合の中野洋委員長、河野一郎邸焼き打ちで懲役12年、経団連武装占拠事件で懲役6年、新右翼の教祖的存在だった野村秋介、中核派幹部・金山克巳、日本最大の右翼結社の会長・小林楠扶《くすお》、当時一世を風靡《ふうび》していた88歳の右翼過激派・赤尾敏といった左右の過激派を筆頭に、西武セゾングループの代表・堤清二もいれば、あの岡本太郎も、後に自殺することになる在日三世で史上初の帰化した国会議員・新井将敬《しょうけい》も作家の中上健次や野坂昭如もいた。おそらく、当時の日本で、いちばん熱く、激しいことばを発しそうな面子《メンツ》に向かって、内田裕也は飛びこんでいったのだ。まさに、ことばによる決闘！


「日本でささやかなロックンロール・ファイティングをやっている内田裕也です」

「アフガンゲリラの田中光四郎です」

「まず、アフガンで日本人が戦っていると聞いて、大変興味がありました。重信房子率いる日本赤軍と同じようなイメージを受けたんです」


どの対談もこんなふうに、いきなり始まる。政治、社会、芸術、世界の矛盾に、真っ直《す》ぐ全速力で内田裕也は飛びこんでゆく。左翼も右翼もヤクザも、過激であればあるほど「ロックンロール！」だ、と内田はいう。

時代がバブルの絶頂に向かって驀進《ばくしん》していた時代に、あえてその正反対の道を、内田裕也は選んだ。しかし、いま思えば、豊かな時代であったからこそ、なんでも許容する余裕があったのかもしれない。内田裕也でさえ、表立って活躍することができた時代があったのだ。よく似た、過激な2冊の対談本。でも、読んでいくと、この内田裕也が、樹木希林にだけは頭が上がらなかった（&惹《ひ》きつけられた）理由が、わかるような気がするのである。

化粧と戦争

『僕はメイクしてみることにした』(糸井のぞ、原案・鎌塚亮　講談社)は雑誌「VOCEウェブサイト」の連載をまとめたマンガだ。

ちなみに、この「VOCE」、お化粧に、というか美容とメイクに特化した雑誌である。残念ながらまったく興味がない分野だ。それにもかかわらず、けっこう好きでよく読む。なぜといわれても、わたしにもよくわからなかったのだ。

最新4月号(2022年)の目次を見ると、まず今月は「マスクでブレない自信の美肌!」がテーマ。「美肌の8割は洗い方」とか『『水分5割肌』をつくる朝スキンケア&ベースメイクの正解」とか『『美肌錯覚チーク』をマスターせよ」とか、読んでいるときの「置いてきぼり感」は、「日本原子力学会」の学会誌を読んだときに匹敵する(いや、あちらは内容はわからなくても興味はひかれたから、やはりこちらは別格)。

では、なぜ読んでいたのか。それがこの『僕メイク』を見て、やっとわかったのである。

『僕はメイクしてみることにした』の主人公は「前田一朗、38歳、独身。平凡なサラリーマン」である。ちなみに「彼女いない歴10年」。そんな主人公は、ある日、洗面所の鏡で自分の顔を見てショックを受ける。うわっ！　なに、この顔色の悪さ……目の下のクマ……顔のむくみ……ついでに下腹部の膨らみ……。

わかるよなあ。でも、わたしなぞ、そんなことに驚いていたのは遠い昔で、鏡を見ても、いまはもっと別のことに驚くだけなのだが。

まあ、たいていの人間は、そこで驚いて終わりだ。しかし、「前田一朗」はちがっていた。「このままではダメだ」と一念発起、ドラッグストアまでやって来る。そして、まだ彼女という存在がいて、家に泊まりに来た頃、なにかを顔につけていたことを思い出す。そして、「やるとやらないとじゃ翌朝全然違うの」といっていたことも。そのときには、なんか女の子はめんどうくさいことをしてえらいなあ、としか思わなかったのだ。ああ、何を買ったらいいのか。っていうか、どうすればいいの？

そして、「前田一朗」は、「メイク」の世界のメンター（師匠）と劇的に出会うのである。

無知な若者が優れた指導者の下で成長してゆく古典的な教養小説（マンガ）のスタイルを通じて、メイクの知識を得るだけではなく、読者は、「前田一朗」と共に、「男がメイクをすること」の意味を学んでゆくのである。

周りの（男性）社会からの好奇の視線に負けず、女性たちのサポートを受けて成長してゆく（スキンケア、ベースメイク、眉毛を揃《そろ》える、そして、リップをつけるに至るまで）主人公の姿を見てですね、不肖わたくし、感動してしまいました。マジで。

最後に、原案者は、こう書いている……主人公は「真面目だけど、セルフケアはあまり上手くない」人間だ。そんな人間がちょっとしたきっかけで変わってゆく。メイクをすることで「自分自身変わることを楽しんでいる」。いったい、彼は何をしたのか。原案者は「セルフケア」だという。外面だけではない、放り出したままで荒れっぱなしになっていた「自分」をケアしてやる。すると、その先には「他者をケアする」関係が待っているのだ、と。


ところで。ちょっと、わたしの好きなマンガの話をしてもいいだろうか。『僕メイク』もマンガだが、実は、その前にはまっていたのが『ジェンダーレス男子に愛されています。』（ためこう　祥伝社）と『かわいすぎる男子がお家で待っています』（高瀬わか　集英社）なんですよ……すいません。

どちらの作品も、年下の美少年（青年）と、働く女性が同居するお話だ。『ジェンダーレス男子』では、ふたりは安定したカップルとして結婚を視野に入れているが、『かわいすぎる男子』の方では、美少年の方が一方的（？）に年上の女性に恋をしている、という点がちがっている。共通しているのは、あまりに忙しく、自分のケア（美容にメイク、ついでにファッション！）もままならず、ついでに家事もままならない女性に、「男子」の方がケアしてあげるお話というところだ。

『ジェンダーレス男子』のモデルの「めぐるくん」も、『かわいすぎる男子』の「ハルちゃん」も、相手の「わこちゃん」や「レオさん」を懸命にケアしてあげる。それが、彼らの愛情表現なのである。

『僕メイク』とはまったくちがったマンガなのに、ここでも、「セルフケアできる」者だけが「他者をケアできる」といっているのだ。

ちなみに、わたしがいちばん好きなところは『ジェンダーレス男子』3巻で、ふたりが祥伝歌劇（要するに、宝塚歌劇ですね）メイクをして盛り上がる場面。もちろん、「めぐるくん」が娘役で、「わこちゃん」が男役。メイク担当も、当然、「めぐるくん」！　いやあ、しびれるよね……っていっても、なんのことだかわかりませんね。でも、読んでいると、しみじみ、メイクの前に差別はない、と思えてくる。「女がメイクをして」、「男はメイクをしない」ことは決して「当たり前」ではないのである。

そのことを、歴史を遡り深く研究したのが『男はなぜ化粧をしたがるのか』（前田和男　集英社新書）である。軽い気持ちで読み始めたわたしは、いつの間にか姿勢を正していた。なんといっても圧倒的なその知識量。前田さんの経歴を見ると、「資生堂企業文化部『化粧文化研究会』会員」とある。まことにもって、化粧の歴史の真の専門家だ。前田さんの研究の、その結果をひとことでいうなら、こうである。

「男も化粧をしていた時代が常にあったのだ」

平安時代の男（貴族）は、眉を毛抜きで抜き取り、白粉《おしろい》を厚く塗って、黛《まゆずみ》で眉を描き、頬に紅脂を塗った。そして歯を黒くした。「鉄漿《おはぐろ》」である。これは、同時代の女性たちの化粧を真似《まね》たものだった。女性が発明した「ひらがな（女文字）」を真似たように、だ。以前も書いたが、市川崑監督の革命的なテレビドラマ版『源氏物語』では、その化粧をリアルに再現していた（鉄漿以外は）。男も女も同じ化粧だったのだ。それはそのまま平家の武士たちにも引き継がれた。そして、前田さんによれば、化粧は、次のような歴史をたどったのである。

神話時代～上古、鎌倉、戦国～江戸初期、明治維新～昭和（戦前）のような、「戦時モード」の時代には、男の化粧は廃れ、その反対の、平安中後期、室町、江戸後期（文化・文政）、昭和（戦後）～現在のような「平時モード」には、女性の相対的地位も向上し、「マッチョな」男らしさより、美しさが愛好される。男性の女性化と女性の男性化は「平時モード」の最大の特徴なのだ、と。「前田一朗」も「めぐるくん」も「ハルちゃん」も、由緒正しい「平時モード」の時代の男子なのである。

一つだけ心配なことがある。長く続く戦後の「平時モード」がいつ「戦時モード」に変わるのか。それは誰にもわからないのである。

『森の生活』2・0

19世紀に書かれたヘンリー・D・ソローの『森の生活―ウォールデン―』（佐渡谷重信訳　講談社学術文庫）は、名著として知られている。ソローは、米ボストン近郊コンコードの町近くのウォールデン池のほとりに自らの手で小屋を建て、およそ2年、そこに住んだ。その記録が『森の生活』だ。この本がほんとうに有名になったのは20世紀に入ってからで、彼のエコロジー思想や自国の侵略戦争や奴隷制への強い反対のメッセージは、マーティン・ルーサー・キング牧師やヴェトナム戦争時のヒッピーたちから深い共感をもって受け止められた。時代はさらに移り変わって21世紀になったが、いま読んでみても、まるで古くなってないのでびっくりする。

ソローによると、いまの（19世紀当時の、ってことです）人間は働きすぎる、のである。なのに、当人たちはそのことに気づいていない。たとえば、家。

「この付近の平均的住宅の価額はおそらく八百ドルぐらいだろう。これだけの金を貯えるには十年から十五年の労働を必要とする。負担となる家庭を持たないとしても。多少の差はあるとして一日の平均的日給は一ドルである。それ故に、ふつう、自分の生涯の半分以上をかけなければ、自分の小屋《ウイグワム》が入手できないだろう」

ものすごく乱暴に概算してみて、この頃の1ドルが現在の日本の1万円くらいという見当だろうか。「自分の生涯の半分以上をかけなければ」家が持てない、というのも、いまと一緒だ。

すべての生きものは、無料のねぐらを持っている。人間だけが、生涯の半分の時間をかけなければねぐらも持てない。なんのために生きてるんだよ。おかしいだろ、それ！

……とまあ、このようにソローは主張するのである。そうだよね。

で、どうしたかというと、ソローさん、そこらの木を切って、小屋を建てちゃうのである（他にも既製の小屋を安く買って、バラして材料にしたりもしてますが）。

ソローさんは、この「森の生活」の収支を計上していて、実に参考になる。細かい内容は省いて紹介してみよう。

まず、小屋の建築（&材料運搬）費用が約28・12ドル。もちろん、建てたのはソロー本人なので手間賃はゼロ。それに、1年分の畑にかかった費用、食費（8カ月分）、それ以外の雑費合わせて、約61・99ドル。それに対して収入が、農作物の売り上げが23・44ドル、日雇いの仕事が13・34ドル、合計36・78ドル。

不足額が25ドル強で、これは、ほぼソローが最初に持っていた資金にあたるそうだ。

さっきも書いたように、1ドル=ほぼ1万円だとすると、ソローの計算が、住んでいた2年と数字が残っている1年と混在しているように見えることを除いても、桁が異常だ。

要するに、人間はただ生きるだけなら、ほとんど金がかからないのである。食費が8カ月で8ドルちょっと。月1万円ほど。家があったら、年間20万円もあれば生きていけるらしい。マジですか？

「五年以上もの間、私は自分の手仕事による労働だけで自活の生活をしてきた。そこでわかったことは、一年のうち六週間ほど働けば全生活費が稼げるということである。だから私は冬の全期間と夏の大半を自由に自分の研究にまるまる当てることができた」

『森の生活』といえば、誰でも、自然と一体となったエコロジカルな暮らしを想像するはずなのに、こんなお金の話ばかりに注目しているのは、『「山奥ニート」やってます。』（石井あらた　光文社）を読んだからだ。

これは、最寄りの駅まで車で2時間、徒歩圏には平均年齢80歳を超える5人の集落があるだけ、という「山奥」に住むニートたちの生活を描いた本だ。この「山奥」に、15人のニートたちが共同生活を送っている元小学校の分校という建物がある。そこに住んでいるニートたちの生活費はひとりあたり月1万8千円。これで食費と光熱費のすべてになる。著者の石井さんの年収は、ざっと「30万円」程度。これは、はっきりいって、およそ175年前のソローの生活水準とほとんど同じ。というか、やってることもほぼ一緒なのである。

ニートで引きこもりだった人たちが、山奥に集まった。元々、外に出ないのだから、「山奥でひきこもってても、都会でひきこもってても、おんなじ」なのだ。

そんな「山奥ニートの一日」はこんな感じ。

「山奥ニートの一日は、午前11時くらいから始まる。午前中はほとんどの山奥ニートたちにとって、就寝時間である……1kg20円という驚くべき安さの外国製スパゲティを、自分たちの畑で採れたにんにく・唐辛子と合わせてペペロンチーノにする。気が向けば、リビングにいる他の山奥ニートの分も作る……朝食とも昼食ともつかない食事を終えると、ギターを弾いたり、鶏を散歩させたり、洗濯機を回したり、なんとなくで日中を過ごしてしまう……日が傾くと、誰かが晩ごはんを作り始める。当番は決まっていない……食事の時間も決まっていない……晩ごはんを食べにリビングに来た人は、そのまま酒を飲んだり、一緒に映画を見たり、ボードゲームで遊んだり、好きにする。話したくない気分の人は、自分の部屋に帰る……朝起きる予定がないから、何時に寝るかなんてどうでもいい……見ようによってはこの上なく堕落した生活。でも競争相手もいなければ、管理する者もいないユートピア」

そんなふうにして、最小限のアルバイトをして、「山奥ニート」たちは、だらだら過ごしている。向上心がない、と眉をひそめる人もいるだろう。なんだかうらやましいと心の底で思う人もいるだろう。彼らにとって欠かせないのはインターネット。そして、その山奥から、その生活のありさまをネットで発信し続けている。それを見て、惹《ひ》きつけられるように、全国から、ニートや、現状に飽き足らない若者たちが、見学に、ときには、自分も「山奥ニート」になりたくてやって来るのである。

ソローと「山奥ニート」たちに共通しているのは、「働かなければならない」という社会が押しつけている幻想から自由なことだ。ほんとうに必要なものだけにしてしまえば、お金はほとんどかからないはずなのだから。

最後に著者は「**持続可能なニート**」を目指すとして、こう書く。

「**ニートは人類が目指すべき場所だ。**食べ物の生産効率は上がった。なのに、労働時間は全然減らない。もっと楽できるはずだ」

いや、ほんと、そうかもしれない。ソローがひとりでやったことを、「山奥ニート」たちは集団で始めたのである。

＼「同志少女」の敵は誰？／

逢坂冬馬《あいさかとうま》さんは、デビュー作『同志少女よ、敵を撃て』（早川書房）で、アガサ・クリスティー賞を受賞、直木賞の候補にもなり、こちらは惜しくも受賞を逃した。さらに、本屋大賞の候補にもなり、本も売れている。そりゃそうだ。なにしろ、圧倒的におもしろい。だが、この作品、そんなところで終わらなかった。ある事件がきっかけで、時代を象徴するものになってしまった。ロシアのウクライナ侵攻である。

主人公のセラフィマは、1924年、モスクワ近郊の農村に生まれた。野生動物の食害に悩むその村では、射撃手を必要としていた。母と共にその能力に秀でていたセラフィマは、若くして立派な射撃手だった。1941年6月に始まったドイツとの戦争は翌年には激しさを増し、村にもドイツ軍が侵攻した。母はドイツの狙撃兵に殺され、セラフィマも殺されそうになったとき、急襲したソ連軍に一命を救われる。そして、そのソ連兵のひとり、女性の元狙撃兵で狙撃訓練学校の教官長イリーナに目をかけられたセラフィマは、復讐《ふくしゅう》のために訓練学校に入るのだ。当時、ソ連は女性を積極的に兵士として登用し、中でも狙撃兵はエリートだった。訓練学校で、セラフィマは、得がたい同年代の少女たちと出会う。射撃大会優勝者のシャルロッタ、カザフ人の猟師だったアヤ、ただひとり年長の女性で謎めいたヤーナ。そして、ウクライナ出身のオリガだった。オリガは、古くからウクライナに住み独自の部族集団を作ってきた、誇り高きコサックの娘だった。過酷な訓練が終わり、セラフィマたちは実戦に配備される。それは、死傷者が双方で200万人を超えた、史上最大の市街戦、第二次大戦中最大の激戦がソ連軍とドイツ軍の間で行われていたスターリングラードだった。そこで、セラフィマたちが見たものは何だったのか。そして、彼女たちは、どうなったのか……というのが、あらすじである。

自分であらすじを書いているのに、また読みたくなってしまう。それぐらいおもしろい、この小説、おわかりのように、主人公が心を許しそうになる少女オリガがウクライナの出身者というから、なんとも読んでいて複雑な気持ちになってしまう。

「ウクライナがソヴィエト・ロシアにどんな扱いをされてきたか、知ってる？　なんども飢饉に襲われたけれど、食糧を奪われ続け、何百万人も死んだ。たった二〇年前の話よ。その結果ウクライナ民族主義が台頭すれば、今度はウクライナ語をロシア語に編入しようとする。ソ連にとってのウクライナってなに？　略奪すべき農地よ」

ソ連軍の狙撃兵として訓練を受けながら、オリガはこう述懐する。そして、それを聞いて動揺するセラフィマ。敵の敵は味方なのか？　そう思って読んでいると、この小説の登場人物たちは、さらに複雑な行動をとってゆくのである（中身は内緒）。ソ連は第二次世界大戦中、100万を超える女性兵士を従軍させた。看護兵や軍医ではなく、実際に戦闘する兵士としてだ。そんな従軍女性の声を集めたのが、ノーベル文学賞を受賞した**スヴェトラーナ・アレクシエーヴィチ**の**『戦争は女の顔をしていない』**（三浦みどり訳　岩波現代文庫）で、お読みになった方も多いだろう。

当然、『同志少女』は『女の顔』の影響を深く受けている。というか、それ以上なのだが、それも内緒（って、そればっかり）。さらに、物語は進み、少女たちは死んでゆき、戦争は終結に近づく。クライマックスは、このタイトルの「敵」の正体が明かされるシーンだ。

当然のことだが、「同志少女」の「敵」は、ドイツ軍ではない。なるほど、と思うと同時に、胸の奥に疼《うず》くようなものが残る。75年以上前の出来事を描いているのに、見事に現代を描くことになったのである。

ところで、この『同志少女よ、敵を撃て』、こんなに話題になったのは、日本だったからかもしれない。というのも、みなさんも薄々感じられているかもしれないが、我々日本人はみんな、「戦う（美）少女」が好きで、そういう作品をずっと愛好してきたからである。

その、日本人の「戦闘（美）少女」好きについて論じた本の代表といえば、**『紅一点論』**（**斎藤美奈子**　ちくま文庫）と**『戦闘美少女の精神分析』**（**斎藤環**　ちくま文庫）だ。わたしたちがなんとなく感じてきたことを、この2冊の本は、実に見事にことばにしてくださった。

ふたりの斎藤さんがおっしゃるように、わたしたちは、マンガ・アニメ・特撮を中心に、ものすごい数の「戦う（美）少女」たちの作品を消費してきたのである。

古くは、石ノ森章太郎のマンガ『サイボーグ009』に始まる「戦隊物の一員」として（『科学忍者隊ガッチャマン』や『秘密戦隊ゴレンジャー』）、それから全員が少女戦士の『美少女戦士セーラームーン』に、どっちかというと男性より女性戦士優位の『新世紀エヴァンゲリオン』。そして、ついには、女性戦士同士の頂上決戦まである、宮崎駿アニメの『風の谷のナウシカ』に『もののけ姫』。

では、なぜ、わたしたちは、そんなに「戦闘（美）少女」が好きなのか。

『風の谷のナウシカ』の、ヒロイン・ナウシカと、彼女と対抗するトルメキアの姫クシャナについて、斎藤美奈子さんはこう書いている。

「ナウシカにしろクシャナにしろ、女装した少年（青年）というか精神的な意味での男装の麗人というか、アンドロジニアスあるいはジェンダーレスなのである。

理想的な人間像？　まあたしかに。しかし、リアリティはない。ヒーロー不在の時代に、ヒーローらしいヒーローを提示するにはもはや主役を女の子にするしかない、といった判断がかすかに透けて見えるのだ」

確かに、わたしたちは、もう「ふつうのヒーロー」なんか信じられない。だから、「戦闘」とは無縁と思えた「少女」を戦士にすることにしたのだ。しかし、と斎藤美奈子さんはいう。「近代（男性性）が救えなかった世界は、反近代（女性性）によって救われるのではないか、という勘違い」ではないのか、と。

なるほど。男性戦士が人を殺しても、ひどいなと思うだけだが、女性戦士だと、仕方なかったのか彼女もつらいだろうな、と思っちゃうものなあ。

女性を兵士として戦場に送ることはなかった（他の役割では戦場に送りこんだが）国の国民の感情としては、それがふつうかもしれない。だとするなら、実際に女性兵士を大量に戦場に送ったソ連（ロシア）の人たちは、こういう物語をどんなふうに読むのだろうか。そして、この小説のヒロイン・セラフィマが最後に見つける、彼女の真の「敵」の正体を、どう思うのだろうか。

ところで。実は、わたしがもっとも気になる「戦闘（美）少女」物は、マンガ『あずみ』とアニメの『ヴァイオレット・エヴァーガーデン』なのだが、その話は、また次の機会に。

ウクライナとロシアと

前回は、逢坂冬馬《あいさかとうま》さんの『同志少女よ、敵を撃て』（早川書房）をとりあげた。本自体も素晴らしかったが、ロシアのウクライナ侵攻がきっかけだったことはまちがいない。しかし、それでもまだ不充分な気がする。もう一度、書いてみたい。この戦争について、だ。

いまや、ニュースはロシアのウクライナ侵略一色だ。わたしも暗澹《あんたん》とした気持ちで、テレビを見たり新聞を読んだりしている。もちろん、ネットも。膨大な情報が溢《あふ》れ、そこには、フェイクなものも混じっているらしい。それは、戦争には、つきもののことなのだ。そして、識者も一般の方々も、さまざまな意見を述べていらっしゃる。その中には、なるほどと思うものも、そうなのかなと思うものもある。その熱量たるやすさまじい。わたしにも意見がないわけではない。だが、あまり述べる気にはならない。どうせ書くなら、作家らしいことを書いてみたい。いや、このコーナーらしいことを。前回のように、である。

わたしがいちばん驚いたのは、自分がウクライナのことをまるで知らなかったことだ。もちろん、他によく知っていることがある、というわけではない。こんな事件がある度に、自分の無知に気がつく。ふだん、我々は、自分がなにに無知であるかを知らないのである。

みなさんは、**ニコライ・ゴーゴリ**という作家をご存じだろうか。文学史上に燦然《さんぜん》と輝く巨星である。『死せる魂』に『外套《がいとう》』に『鼻』といった傑作を残し、「我々は皆ゴーゴリの『外套』の中から生まれたのだ!」とドストエフスキーが呻《うめ》いた、とまでいわれている(実は、これもフェイク情報らしい。文学の世界でも、そういうことはあるのだ)。それほどまでに、有名な「ロシア文学」を象徴する作家なのだ。ところが、である。このゴーゴリ、実はウクライナの人なのだ。他にも、そういう作家はたくさんいる。恥ずかしいことだが、専門家であるはずのわたしも、気づかなかったのである。この戦争が起こるまでは。

もしかしたら、ゴーゴリがウクライナの人であることを、どこかで読んだことだってあるかもしれない(たぶん)。しかし、まるで記憶に残ってはいなかった。それは、わたしの頭の中に、なんとなく「ウクライナはロシアの一部」という考えが根づいていたからだろう。ちなみに、ノーベル文学賞を受賞したスヴェトラーナ・アレクシエーヴィチは「ベラルーシ」の作家で、「ベラルーシ」は「白ロシア」と呼ばれていた。「ウクライナ」は「小ロシア」である。本家本元は「ロシア」というより「大ロシア」。そんな記述を鵜呑《うの》みにしていたせいで、わたしの頭の中の地図は歪《いびつ》だったのだ。

気になって、いろいろ調べてみた。さっき書いたように、ゴーゴリは「ロシア文学」にとって神様のような存在だ。ウクライナ生まれで、もともとはウクライナ語で書いたが、後に、首都サンクトペテルブルク、さらに外国で暮らすようになってからはロシア語で書いた。そのせいだろうか、近年では、このゴーゴリをめぐって、ロシアとウクライナの間で「奪い合い」(!)が起こっているそうだ。要するに、ゴーゴリがどちらの作家なのか、その「所有権」を争っているのである。両国間の戦争は、領土をめぐるものだけではなかったのだ(2009年の「ゴーゴリ生誕200周年記念式典」で、当時のウクライナの大統領が「ゴーゴリは間違いなくウクライナのものだ」と主張したとされている)。まさか、自分のせいで、ロシア・ウクライナ間で紛争が起きてしまうとは、さすがのゴーゴリも生前想像することができなかっただろう。文学も争いのもとになることがあるのだ。作家として、心に銘じておきたいことである。

ちなみに、『外套』は、アカーキイ・アカーキエヴィッチという「九等官」、つまり底辺の官僚の物語だ。ただ書類を写すだけという仕事を一生懸命務めるアカーキイ・アカーキエヴィッチは、趣味もなく、ほとんど外出もしない。あるとき、外套がすっかり古びて、すり切れてしまったので、なけなしの金を払って新調する。ロシアの冬はひどく寒い。だから、外套は生命の次に大切なのだ。ついに手に入れた新しい外套は、アカーキイ・アカーキエヴィッチを心底喜ばせる。ところが、その直後、その外套を追剝《おいはぎ》に奪われてしまうのである。失意のどん底で、彼は亡くなる。やがて、首都にこんな噂《うわさ》が流れる。

「夜な夜な官吏の風体をした幽霊が現われて、盗まれた外套を捜している」

哀れな官吏が亡くなる直前、外套を捜してほしいという彼の訴えを、無情にも断った勅任官（高級官僚）の前に出現する幽霊。慌てて外套を放り投げて逃げ出すと、その幽霊は「ふっつりと」「姿を現わさなく」なるのである。

「恐らく勅任官の外套が彼の肩にぴったり合ったためであろう」

生きることに精一杯のロシア人の悲しみを描いた傑作だが、プーチン大統領は『外套』を読んだことがあるのだろうか。「**ロシア文学の神様**」が「ウクライナの作家」ではまずいよね。

ちなみに、ゴーゴリはロシア語読みで、ウクライナ語読みでは「ホーホリ」だそうである。ウクライナ出身の超大物作家というと、**ミハイル・ブルガーコフ**だ……と書いて、実は、今回まで、彼のこともウクライナの作家だと理解していたわけではなかったのである。

ブルガーコフはキエフ（これも、ウクライナ語読みでは「キーウ」のようですね）出身の医者だった。代表作は、『犬の心臓』に『巨匠とマルガリータ』。どちらも、わたしは大好きだ。

体制への鋭い批判（のように読める）故に、生前はほとんどの作品が発禁の憂き目にあった。ウクライナの作家だったこともその原因かもしれない。二十世紀文学の偉大な傑作といわれる『巨匠とマルガリータ』（上・下　水野忠夫訳　岩波文庫）の完全版がロシア国内で刊行されたのは、なんと死後30年近くたってからだった（ちなみに、刊行直後に日本語に翻訳されたものを、わたしは読んだ）。『巨匠』の中で、優れた作家や詩人は、精神病棟に閉じこもって（「閉じ込められて」？）いる。というのも、まともな精神では、何も書けなくなってしまうからだ。

最後に病棟から脱出するとき、恋人は巨匠に、小説を持っていかなければ、という。すると、巨匠はこう答えるのである。

「『その必要はないよ』と巨匠は答えた。『すっかり暗記しているのだから』」

書かれた原稿は奪われるかもしれないが、頭の中に書かれたものは奪われない。こう巨匠はいうのである。いうまでもなく、巨匠の原稿を奪おうとするのは、彼の作品を発禁にしていた（ロシアの）権力なのだった。この、ウクライナの至宝を、プーチンさんはどう考えているだろう。ロシアのもの？　いや、そもそも文学に興味なんかないのかも。

関東軍かプーチン軍か

今回も、ロシアのウクライナ侵攻関連の「これ、アレ」である。連続3回目だ。こうやって書いているうちに、平和が訪れればいいのに。強くそう思うのである。

2011年3月11日、東日本大震災が起こったとき、多くの人が、終戦の日を思い出した。というのも、あの震災と津波の後の風景が、終戦直後の焼け野原を思い出させたからである。いや、それだけではない。原発の爆発事故のきのこ雲の映像が広島の惨劇を、それから続いた、ヴィデオメッセージによる天皇陛下（現上皇陛下）の「おことば」が、やはり、昭和天皇の「玉音放送」を思い起こさせたのだ。

まことによく似ている。歴史を見ていると、まさに「これは、アレだな」と思うことがある。このコラムで繰り返し書いているように、時代は変わっても、人間の性質が変化しない限り、同じ状況では、同じことをするものなのだろう。

ということは、歴史を勉強すれば、いま起こりつつある事件が、どのようなものになっていくのか予想できるかもしれない。あるいは、そのことについて考えるヒントを得ることができるかもしれないのだ。

なので、今回は、みなさんもわたしと一緒にお勉強してみませんか、というお誘いである。

さて、今回のロシアのウクライナ侵略の報道を見て、「満州事変」を思い起こした方も多いかもしれない。いや、「満州事変」といっても、日本史で習ったことがある程度、もしくは、日本史でもそこまでやらなかった、という人たちの方が多い可能性もある。わたしだって、そんなに詳しいわけではない。

わたしの親の世代では、「満州事変」ということばは、誰でもよく知っているものだった。歴史の知識や常識は時代によって変わってゆく。当然のことながら、「満州事変」は、いまや単なる歴史上の知識にすぎない。

そこで、今回は、近現代日本史を描いて画期的な名著といわれた、加藤陽子さんの『それでも、日本人は「戦争」を選んだ』（新潮文庫）を読みながら、勉強してみたい。

まず、「満州事変」の勃発は、1931年（昭和6年）9月18日。当時の中華民国の奉天（現瀋陽《シェンヤン》）郊外で、関東軍が南満州鉄道を爆破した上、それを中国側の謀略であるとでっち上げ、満州全土の占領に至った。ここから始まった日中戦争は1945年（昭和20年）まで続く。いわゆる「十五年戦争」の始まりである。

「関東軍」というのは、日露戦争後、日本が獲得した関東州（旅順・大連等）の防備と、やはりロシアから獲得した南満州鉄道防備のために日本から派遣された軍隊ですね。日本は、そうやって中国から手に入れた占領地拡大を狙っていたわけである。その頃、いまの満州あたりは、中華民国政府の力が及ばず、軍閥という名の独立軍が支配していた。それも格好の狙いだったのだ。「満州事変」を起こした日本は、さらに、傀儡《かいらい》国家「満州国」を打ち立て、世界から非難されると、「国際連盟」を脱退する。このあたり、ロシアがやっていること（というか、やろうとしていること）は、ほぼ同じ。ロシアから、「よお、パイセン（先輩）！」といわれるかもしれない。

ところで、加藤陽子さんは『それでも』の中で、たいへんおもしろい指摘をしている。それは、「満州事変」の2カ月前に、東京帝国大学（現東大）の学生に行った意識調査の記録だ。質問は「満蒙《まんもう》（南満州と東部内蒙古《ないもうこ》）に武力行使は正当なりや」というもの。簡単にいうと「満蒙」は、「日露戦争後に日本が獲得した権益が集中している場所」のこと。これに対して、日本で最高のインテリが集まっている東京帝大の学生たちが出した回答はというと……。「88％の東大生が『然《しか》り』つまり『はい』と答えている……内訳を見てみると、『直ちに武力行使すべき』という、血の気の多い気の早いお兄さんたちが52％いる」

そして、加藤さんは、こういうのである。

「一般的に、知的訓練を受け、社会科学的な知識を持っている人間は、外国への偏見が少なく外国に対する見方が寛容になる傾向があります。『中国側にだっていろいろな事情があるのだ。日本側にもあるように』と思える人間には、やはり知性、インテリジェンスがあるだろうと。たくさん勉強していたでしょうし、いろいろな知識を持っていたと思われる東大生の88％が武力行使を『是』としていたということに、私は驚きました」

いつの時代、どの国でも、その国の「内側」の人にとっては、「外側」にいる人たちの良識は届かないのかもしれない。いま、ロシアは、明らかに不正と思われる侵攻をウクライナにしているのだが、もしかしたら、それを「是」とする人たちは、わたしたちが想像するよりもずっと多いのかもしれないのである。

そして、もう一つ。攻められる側の中国の人たちの考えも、たいへん参考になる。

中国国民政府の駐米国大使だった胡適《こてき》は、「日本切腹、中国介錯論《かいしやくろん》」というものを唱えたそうだ。加藤さんは、こう書いている。

「胡適は『アメリカとソビエトをこの問題に巻き込むには、中国が日本との戦争をまずは正面から引き受けて、二、三年間、負け続けることだ』といいます……これだけ腹の据わった人は面白い」

胡適自身は、次のように書いているそうだ。

「(二、三年戦っていると)……満州に駐在した日本軍が西方や南方に移動しなければならなくなり、ソ連はつけ込む機会が来たと判断する。世界中の人が中国に同情する。英米および香港、フィリピンが切迫した脅威を感じ、極東における居留民と利益を守ろうと、英米は軍艦を派遣せざるをえなくなる。太平洋の海戦がそれによって迫ってくる」(「世界化する戦争と中国の『国際的解決』戦略」/石田憲編『膨張する帝国　拡散する帝国』所収)

結局、胡適さんの予言はぜんぶ当たるのである。おそるべし胡適!

けれども、日本だけではなく、アメリカもヴェトナムで、ソ連もアフガニスタンで、同じような、別の胡適さんの智慧《ちえ》と信念に敗れることになるのである。ちょっと、ゼレンスキーさん、胡適さんに似てるかも……。

歴史を見る限り、このままでは、ロシアは必敗の形勢なのだが、プーチンさん、どうするのだろう。

ちなみに、もう一冊、最近テレビでお見かけしない日はないくらい登場している**小泉悠**さんの『**現代ロシアの軍事戦略**』(ちくま新書)も、めっちゃおもしろかった。読んでいると、だんだん、ロシア(の軍人たち)の気持ちになって、西側からの圧迫と戦うためには強気に出なくちゃいけないこともある、と思えてくるのだ。相手の気持ちも、ぜひ理解しましょう!

＼戦争プロパガンダ11番目の法則／

すいません。今回もしつこく、ロシアによるウクライナ侵攻関係の「これ、アレ」である。書いているわたしも、正直うんざりだ。「またかよ！」と思う。しかし、いざこのコラムに向かって、「これは、アレだな」を考えると、思い浮かぶのが、今回の戦争案件なのである。それは、戦争というものが、「人類が繰り返してきた愚行」の代表だからだろう。「また、やってる……」と思うのも無理はないのである。

というわけで、今回は、戦争に関する名著として名高い『**戦争プロパガンダ 10の法則**』（アンヌ・モレリ著　永田千奈訳　草思社文庫）を読みながら、考えてみたい。この『10の法則』は、第一次世界大戦以降の戦争を分析し、いわゆる「戦争プロパガンダ」（戦争当事者が流す偽情報に基づく宣伝戦）を10の法則にまとめたものである。一読すれば、ため息が出る。「まことにもってその通り。人びとはずっと同じやり方で騙《だま》されてきたのか……」と。

今回どのように事態が推移したのかを詳細にまとめたオンライン経済メディア「ＢＵＳＩＮＥＳＳ ＩＮＳＩＤＥＲ」のレポートを参考にしながら、「戦争プロパガンダ」の実態を研究していこう。

ずいぶん以前から、アメリカを中心に、ロシアがウクライナ侵攻を準備しているというニュースが流れていた。それが決定的になっていったのは２０２２年の2月である。そして、これ。

「ロイターによると、ロシアのプーチン大統領は2月15日、ドイツのショルツ首相との共同会見で、ロシアを後ろ盾とする武装勢力が実効支配するウクライナ東部のドンバス地方の状況について『ジェノサイド（大量虐殺）』だとウクライナを批判。ミンスク和平の履行を通じて紛争を解決するよう要求した」（＊1）

『10の法則』は順番にこのようになっている。

①「われわれは戦争をしたくはない」

……モレリさんによると、戦争研究の大家・ポンソンビーさんは、戦争を始める直前、その国の元首は必ず「われわれは、戦争を望んでいるわけではない」というそうである。あのヒトラーでさえそう。じゃあ、平和のままでいいじゃないか、と思うけれど、そこで法則②が発令されるのである。

②「しかし敵側が一方的に戦争を望んだ」

……ドイツのポーランド侵攻は第二次世界大戦のスタートともいわれているが、その直前、ヒトラーはこういっていたそうだ。
「（ポーランドのドイツ系住民に対する行為は）野蛮かつ制裁に値する不当なものである。ポーランドにおいてドイツ系住民の多くは迫害を受け、強制連行されたうえ、非常に残虐な手段で殺される者も出ている」

この「法則」を読んだ後で、先程のプーチンさんの発言を読み返すと、感慨深い。「法則」と同じことをいっているのである。「**和平の履行**」を望んでいるのに、敵は「**大量虐殺をやっている**」と文句をいうのだ。

このような状況の下で、ロシアのウクライナ侵攻が始まった。2月24日、プーチンさんいうところの「**特殊軍事作戦**」が発表されたのである。このとき、プーチンさんは、また注目すべき発言をしている。「ウクライナのゼレンスキー政権については『**極右勢力とネオナチ**』とし」（＊2）たというのである。いったい、なぜ？

というわけで、『10の法則』の3番目が登場する。

③「敵の指導者《リーダー》は悪魔のような人間だ」

……なぜ、この法則が成り立つのか。モレリさんは、こう説明している。

「たとえ敵対状態にあっても、一群の人間全体を憎むことは不可能である。そこで、相手国の指導者に敵対心を集中させることが戦略の要になる。敵にひとつの『顔』を与え、その醜さを強調するのだ」
もしかしたら、プーチンさんは『10の法則』を参考書に使っているのではないか、と思うほど、法則通りではありませんか。

さて、残りの7つをここにあげておこう。

④「われわれは領土や覇権のためではなく、偉大な使命のために戦う」
⑤「われわれも意図せざる犠牲を出すことがある。だが敵はわざと残虐行為におよんでいる」
⑥「敵は卑劣な兵器や戦略を用いている」
⑦「われわれの受けた被害は小さく、敵に与えた被害は甚大」
⑧「芸術家や知識人も正義の戦いを支持している」
⑨「われわれの大義は神聖なものである」
⑩「この正義に疑問を投げかける者は裏切り者である」

みなさんも、戦争に関する膨大な情報をイヤというほど目にし、耳にされているだろう。そして、その情報から目を上げて、この法則を眺めるなら、誰だって「これも、アレか！」と呻《うめ》くしかないのである。現在のところ、⑧の「芸術家、知識人の支持」以外、プーチンさんはフルコンボだ。さすがのプーチンさんも、そこまではできなかったのかもしれない。いや、まだ時間があるからわかりませんが。

だが、話はここでは終わらないのである。


「(大統領も首相も政府高官も)我々はみんなここにいる。我々の独立、我々の国家を守る。守り続けるだろう……ウクライナに栄光あれ」(*2)

これは、侵攻翌日の25日、ゼレンスキーさんがツイッターで呟《つぶや》いたことばである。その翌日のツイッターでは、こう呟く。

「ウクライナは武器を手にとり、侵略者と戦い、自由とヨーロッパの未来を守っている」(*2)

正直にいって、わたしもこれらのことばに共感してしまう。だが、同時にほんの少し、④や⑨でもあるよね、と思うのである。

このロシアとウクライナとの、あるいは、プーチンさんとゼレンスキーさんとの間の戦いでは、圧倒的にロシア側が悪いように思える。いや、国民国家体制の時代に、主権国家に攻めこむのだから、ロシア側が悪いに決まっている。あと、チェチェンやシリアでの濃厚な「虐殺」疑惑もあるし。そのような事実を踏まえた上でなお、ゼレンスキーさんの側も、実は、これらの「法則」を踏襲しているのである。

これはどう理解すべきなのか。モレリさんは、こう書いている。

「たしかに、片側だけが一方的に嘘をつき、戦うつもりなどなかった側が一方的に攻撃される場合だってあるだろう。だが、どちらが加害者で、どちらが被害者であるかを見定めることが非常に難しいケースも多い」のだ、と。

戦争とは、戦う双方が、結局同じ言語や文法を使うしかないものなのかもしれない。とするなら、それこそが、戦争プロパガンダの**11番目の法則**なのだろうか。

＊1 BUSINESS INSIDER（吉川慧／２０２２年1月25日の記事を再編集、再掲）
https://www.businessinsider.jp/post-251969
＊2 BUSINESS INSIDER（吉川慧／２０２２年２月24日から3月２日の記事を再編集、再掲）
https://www.businessinsider.jp/post-251970

テヘランで『おしん』を見る

いうまでもなく、今回のタイトルは、A《アーザル》・ナフィーシーの世界的ベストセラー『テヘランでロリータを読む』からいただいたものだ。

それにしても、テヘラン（イランの首都ですね）で『**おしん**』（NHK連続テレビ小説31作目のドラマ）とは、と思われる方もいるだろう。しかし、以前そんなニュースが話題になったことを覚えている方もあるのではないか。イランで『おしん』が流行《はや》ってた？　なぜ？　長い間疑問に思っていたのだが、映画プロデューサーの**ショーレ・ゴルパリアン**さんとお会いして、やっと疑問が氷解したのだった。

ゴルパリアンさんは、40年ほど前、日本に憧れて来日されたイラン人だ。一度、母国に戻られたが、結局ずっとこちらで映画プロデューサー（＆通訳）の仕事をされている。あの、イラン映画界の巨匠アッバス・キアロスタミ監督が来日したときは、いつもゴルパリアンさんが手伝っていたし、彼の映画制作にも参加されたというからうらやましい。そんなゴルパリアンさんは、著書『**映画の旅びと　イランから日本へ**』（みすず書房）でこう書いている。

「いちどイランに行けば、日本とどんなに似ているかがわかります。佐藤忠男さんが福岡国際映画祭のディレクターだったとき、ご夫婦でいろいろな国へ行ったけれど、日本人といちばん心が近いのはイラン人だとおっしゃいます。

日本に来るイラン人はホームシックにならないといわれます。イランに行く日本人も、懐かしい思いをして帰ってきます。おもてなしの心、お客さんを大事にすることなども共通点。イランには『お客さんは神の友』という諺があります」

そして、『おしん』については、

「イランは世界でいちばん『おしん』が見られた国でしょう……『おしん』をやっている時間は、だれも街をであるかないんです。私は土曜日の夜の九時前に車で事故に遭いました。調べにきた警官が時計を見て、『あ、「おしん」が始まる。いったん家に帰ってから十時に戻ろう』と(笑)」

あの、我慢強い「おしん」の姿に、イランの人たちは自分と共通するものを感じて共感するらしいのだ。

たしかに、キアロスタミ監督の作品、たとえば、『友だちのうちはどこ?』に出てくる少年のたたずまいは、「どこにでもいる普遍的な少年」ではなく、「昭和、それも戦前の日本の貧しい少年」のそれなのだ。ほんとうに不思議。

そこで、この「イランと日本似てる説」を検証するため、文学方面を探索することにしたのである。現在、簡単に手に入る「イラン文学」の本といえば（前記、『テヘランでロリータを読む』を除けば）、『天空の家　イラン女性作家選』（藤元優子編訳　段々社）だけだ。さっそく読んでみた。そうしたら、実におもしろいのである。そして、確かに、そこには、日本によく似た香りが漂っていたのだ。

たとえば、この作品集の冒頭には、ゴリー・タラッキーさんの「天空の家」という短編が置かれている。タラッキーさんは、1939年生まれで、革命（西欧化されたパーレビ王朝が倒れ、イスラム教国家が成立した、かの有名な1979年のイスラム革命である）の後、「パリに在住し、時折帰国している」作家だそうだ。さて「天空の家」は、こんな小説だ。

……時代は「革命（イスラム革命）」とその翌年から8年続く「戦争（イラン・イラク戦争）」の頃。もとは豊かだったマヒーン夫人の家は零落し、息子のマスウードは戦争から逃げてパリへ行くことに決める。問題は年老いたマヒーン夫人だった。マスウードはマヒーン夫人を、まず、夫人の妹の家に預ける。その間に、パリで仕事と家を見つけようという算段だった。ところが、小さな家に住む妹一家は「余計者」のマヒーン夫人を巡って喧嘩《けんか》が絶えない。パリから連絡が来て、やっとマスウードの家にたどり着いたものの、こちらも狭いアパートで、マヒーン夫人は自分の居場所を見つけることもできない。まともに寝る場所さえなく、うんざりしたような孫たちの視線も辛《つら》かった。マヒーン夫人の娘でロンドンに住んでいたマニージェは、そんな母を心配してロンドンに連れてゆく。やっと安心、かと思いきや、英語もわからず、共働きの娘夫婦が出てゆくと、ただひとりぼっちで、マスウードのところよりさらに狭い、寝室が一つしかないその家で待つだけだった。こんなふうに、子どもや親戚の家をたらい回しされたあげく、マヒーン夫人は、飛行機に乗ってどこか素晴らしい場所に出かける夢を見ながら亡くなるのである……いかん、あらすじを書いているだけで、泣けてきた。いや、それだけではない、読みながら、こういうお話、どこかで読んだか、見たか、聞いたかしたことがある、と思ったのだ。

思い出した。これ、小津安二郎監督の『東京物語』そのものではありませんか！『東京物語』の老夫婦も、せっかく訪ねた東京で長男や長女の家に泊まるけれど、落ち着くことができず、やがて熱海の旅館に追いやられる。安住の地は、子どもたちの家ではなく、自宅の尾道だったのだ。東京から戻ったものの、すぐに、老いた妻は亡くなり、葬儀で戻って来て最後まで残るのは戦死した次男の妻だった。

結局のところ、父や母は、独立した子どもたちにとってやっかい者に過ぎなかったのだ。『東京物語』の最後、老妻が遺《のこ》した時計を形見として渡された次男の妻は、列車に乗って去ってゆく。交通機関に、年老いた妻（の形見の品）が載せられ、運ばれてゆく。いや、ここまで同じだと、この「天空の家」は、『東京物語』へのオマージュとして書かれたものではないかという気さえしてくる（ちなみに、黒澤明、小津安二郎、両監督の作品は、イランでは大人気だそうです）。それは、なぜなのだろうか。

ゴルパリアンさんのおっしゃるように、もともと、日本とイランは文化や社会（家族関係が濃厚で、親戚との付き合いも多い）に似た点が多いからなのかもしれない。そして、革命から戦争という10年の混乱が、第二次大戦中の日本に似た社会を産んだ、という側面もあるのかもしれない。西洋型社会から、もとからあったイスラム社会へ、という移り行きそのものは、日本とは逆だったのだが。

『天空の家』におさめられた他の短編の登場人物たちもみんな、もう亡くなってしまった昔の親戚を見ているようだった。そのうち、昭和の時代の文化や人たちに会うためには、イラン映画を見るか、イランの小説を読むしかなくなるのかもしれない。

ちなみに、世界中で大ヒットしたアニメ『ペルセポリス』の原作本（マルジャン・サトラピ著　園田恵子訳　バジリコ）を読むと、イスラム革命からイラン・イラク戦争がイランの人たちに与えた影響がよくわかる。でもって、Ⅱ巻のまん中より少し終わりに、主人公が、テレビで『おしん』を見ているシーンが出てくるのである（もちろん、テヘランで）。なんだか嬉《うれ》しかった。ついでにいうと、この作品、両親から離れた少女が、あちこちたらい回しにされるところ、なんだか『おしん』っぽいんですよ。

ピアニストを撃つな

『**ピアニストを撃て**』は、わたしの大好きな**フランソワ・トリュフォー**が監督し、主役の元ピアニストを、シャルル・アズナヴールが演じた素敵な、そして映画史に残る傑作だ。

タイトルの由来は、アメリカ西部開拓時代の酒場では、喧嘩《けんか》騒ぎからピアニストを守るため「ピアニストを撃つな」という貼り紙がしてあったという故事から。酔漢《すいかん》たちが拳銃を撃つ中、飄々《ひょうひょう》として（いや、内心びくつきながら）ピアノを弾くピアニスト。なんという乱暴な時代、と一瞬思う……いや、ほんとうは、現在の方が遥《はる》かに乱暴な時代なのかもしれないのだ。

先日、ツイッターでこんな動画が出回った。コンサート会場で熱演するピアニスト。そのピアニストの横には、取り囲むように、ふたりの警察官らしき人間が。弾いているのは、シューベルトの「即興曲」。やがて、ピアニストが弾き終わると、熱狂的なブラヴォーの声とスタンディングオベーション。

弾いていたのは**アレクセイ・リュビモフ**だった。わたしのような、ふつうのクラシックファンでも知っている、ロシアの偉大なマエストロだ。動画にはコメントもついていて、20

２２年4月14日、ロシアで開かれた「反戦コンサート」の様子を聴衆が撮影したものだった。このコンサートで、リュビモフは、盟友でもあるウクライナの作曲家の作品を弾いたのである。この動画を見たクラシックファンの多くは、「リュビモフは、筋金入りだからな」と思ったことだろう。

『ピアニストが語る！』シリーズ（アルファベータブックス）は、現在5巻まで発売中。世界のピアニストを音楽ジャーナリスト・焦元溥《チャオ・ユアンプー》がインタビュー取材した。恐ろしいほどに深い音楽知識の持ち主である焦さんが、ピアニストの本音を引き出していて、最高だ。そして、その第4巻にリュビモフが登場している（このシリーズで、ピアノ大国ロシアのピアニストの登場率は圧倒的）。１９４４年生まれのリュビモフは、現在78歳。ソ連邦の抑圧的な文化政策と、ずっと闘ってきたことは、クラシックファンならよく知っている。そのため、しばらくの間、海外演奏が禁じられていたのだ。リュビモフが弾圧されていたのは、なにより、（西洋の堕落した）現代音楽を紹介しようとしたからだった。ソ連邦では、長く現代音楽が禁止されていたのである。（亡命した）ストラヴィンスキーの名作『春の祭典』の故国での30年ぶりとなる、１９５９年のバーンスタインが指揮したコンサートをリュビモフは聴いている。

　亡命を選ばなかったリュビモフは、半世紀にわたって自由な演奏活動を妨害する権力と闘い続けてきた。抑えつける政府が変わってもやること一緒。だから、「反戦コンサート」に警官がやって来ても、ぜんぜん平気なのである。リュビモフは、現代音楽の弾き手・紹介者として有名だが、実は古楽器の弾き手でもある。わたしのお勧めCDは、ショパン時代のピアノで弾いた「ショパン：バラード集」と、古いフォルテ・ピアノで弾いた「モーツァルト：フォルテピアノのためのソナタ全集」。ほんとにいいです。

いまとりあげた『ピアニストが語る！』第4巻には、リュビモフとほぼ同世代の**ヴァレリー・アファナシエフ**のインタビューも掲載されている。日本では、彼の方が有名かもしれない。アファナシエフはリュビモフとは異なり亡命の道を選んだ（1974年）。このインタビューでは、ソ連邦下で、ピアニストがどんな状態だったかを詳細に語っている。

「――ギレリス（伝説的なマエストロ。高橋注）に関して、私が興味を持っているのは……、彼はソ連の音楽界を代表する人物で、政治的にも重要な人物でした。あなたたちは政治について語り合うことがあったのでしょうか？

――ひとつの逸話を話して、彼の考え方を推測していただきたいと思います。私たちが政治について語るとき、それが彼の家だったら、彼は私を浴室に連れて行きました。お母様は電話線を抜いて……。森の中で語り合ったこともあります」

ちなみに、亡命のとき、アファナシエフはたいへん苦労したそうだ。というのは……。

「――面接官に、なぜソ連を出て西側で暮らしたいのかと聞かれ、私は無邪気に『自由に旅行をして、ロンドンでカラヤンが指揮するベルリン・フィルのコンサートを聴いたり、パリでカンディンスキーの抽象画を見たりしたいのです』と答えました。それらは、私がソ連にいたころ知ったもっとも偉大な芸術だったので、そう答えたのですが、面接官には信じられなかったようです。コンサートや美術館に行くために、祖国から亡命したいなんて……。

――頭がおかしいと思われたかもしれませんね。

――そうなんです。三時間以上かけて、私が精神的におかしくないことをやっとわかってもらいました」

ロシア（当時はソ連）では、「芸術家はつらいよ」なのだ。その始まりは、というと、もちろん、1917年のロシア革命。

たとえば、先程登場した**ストラヴィンスキー**だが、『**「亡命」の音楽文化誌**』（エティエンヌ・バリリエ著　西久美子訳　ARTES）によれば、そもそも、彼はロシア革命の前から祖国を離れていた（1910年の『火の鳥』のパリ初演）。以降、ロシア（ではなくソ連になっていた）に戻ることはなかったし、彼の曲が演奏されることもずっとなかったことは、もう書いた。そればかりか、1938年には「ナチス・ドイツはストラヴィンスキーの名を『退廃』作曲家のリストに加えた」のである。「ソ連」からも「ナチス」からも嫌われた作曲家だったのだ。

　同じように「亡命」したのは、ピアノ協奏曲でも有名な**ラフマニノフ**。元貴族であった彼の作品も、ストラヴィンスキーと同じように「演奏を禁止」されたのである。

「亡命」者には厳しい措置だが、だからといって、残ったからといって大丈夫、というわけではない。それを、バリリエは「精神的亡命」と呼んでいる。**ショスタコーヴィチ**は、友人のチェリスト、**ロストロポーヴィチ**に「ご存知でしょうが、私たちはここでは息ができません、ここでは生きられないのです」と訴えながら、同時に、国家（や指導者スターリン）を誉《ほ》め讃《たた》える曲を作らねばならなかった。その矛盾を生きたのである。ちなみに、バリリエは、ショスタコーヴィチは有名な交響曲第五番や、ナチス・ドイツへのレニングラード市民の闘いを賛美した七番『レニングラード』で、（国家や国民も喜ぶ）大成功をおさめたが、実はその中身は真逆で、権力をからかったものだと書いている。そうだったのか。もう一度聴いてみよう。

　それにしても、現在のロシアの芸術家はたいへんだ。どんな態度をとるにせよ。

それでも地球は動いている

ゴールデンウィーク中は、読もうと思ってためていたマンガをずっと読んでいた。

まずは『葬送のフリーレン』（原作・山田鐘人、作画・アベツカサ　小学館　1〜10巻）。魔王を倒した勇者一行の「その後」を描いた作品。ヒロインのフリーレンはエルフで魔法使い。なので年をとらない。けれどもかつての一行の勇者たちは年をとり死んでゆく。そのあたりの切なさが泣けるのである。フリーレン、可愛いし。2021年のマンガ大賞受賞作。

それから、『ダーウィン事変』（うめざわしゅん　講談社　01〜05）。これは人間とチンパンジーの間に生まれた少年チャーリーの物語。チャーリーは人間とチンパンジーの良さを併せ持つハイブリッド。なんといっても「動物解放」のために戦うテロ組織が不気味で、いろいろ考えさせる。種を超えた愛はどうなるのか。こちらは2022年のマンガ大賞受賞作。

そして、『チ。―地球の運動について―』（魚豊《うおと》、小学館　第1〜8集）の舞台は15世紀ヨーロッパ。キリスト教が支配する世界で、禁じられた地動説を研究し、伝えることに生命をかける人びとの物語。もちろん、「推し」はヨレンタさん。2022年の手塚治虫文化賞マンガ大賞受賞作。

いやおもしろいなあと思って読みながら、どれも話題になってから買ったものばかりだと気づいた。長い間、マンガを読んでいるが、以前は話題になる前から読んでいたのだ。悲しいことだが、これではもう「マンガファン」とはいえない。「元マンガファン」だ。というわけで、目下のところは、マンガ大賞と手塚治虫文化賞を両方とっている『ゴールデンカムイ』（野田サトル　集英社　1〜31巻）の連載が完結したので、買って積んだままだったやつを読みはじめた。やはり、おもしろい。仕事にならんぞ……。

どれも最高だったが、いちばんはまったのは『チ。』だった。ところで、『チ』ではなく『チ。』なのはなぜ？　ネットで調べてみたら、作者のインタビューにこう書いてあった。「（『チ。』という題名の意味は、）大地のチ、血液のチ、知識のチ」『。』（句点）を付けた意図について作者はこう述べている。「大地が停止している状態を『。』で示していて、そこに地動の線（チ）がヒュッと入ることで、止まっていたものが動く状態になる。『地球は動くのか、動かないのか』を『。』で表現しています」

なるほど。物語はゲキアツ。次から次と新しい登場人物が出てきて「地動説」の魅力にとりつかれてゆく。もちろん、「地動説」を信じるような異端者たちは、異端審問に遭い、激烈な拷問を受け、最後には処刑される。拷問のシーンの残酷さは、ちょっと正視に耐えられないほど。でも、それ故にこそ、「信じる」ことの計り知れない価値が浮かびあがるのだ。

第1集では、地動説を唱えて火あぶりの刑に処せられたフベルトの教えを受け継いだラファウ少年が、自ら毒を飲んで死んでゆく。そのとき、審問官のノヴァクに向かって「フベルトさんは死んで消えた。でもあの人のくれた感動は今も消えない……僕の命にかえてでも、この感動を生き残らす」と告げる。

このフベルトやラファウを筆頭に、「地動説」に魅せられた者たちが、次々とその信念のために殺されてゆく。そのシーンが、『チ。』の魅力の一つになっている。

第5集では、代闘士（決闘する人間の代理として戦う）オクジーが、「知」の探求者であり、そのため片目を焼かれた修道士バデーニと共に絞首台の上にのぼる。そして、首に綱を巻かれ、最後の瞬間を目前にしながら、「これで我々も地獄の入り口に立ったな」というバデーニに、こういうのである。

「いや、天界のですよ……今、俺の目の前に広がるコレが、地獄の入り口って景色には見えない。今日《こ》の《の》空は、絶対に、綺麗だ」

そう呟《つぶや》くオクジーとバデーニの後ろ、処刑台の向こうには、満天の星が美しく輝く夜空が広がっているのである。

第7集では、「女」であるせいで天文研究をさせてもらえず、自分の研究成果さえ奪われたヨレンタが、「異端解放戦線」の組織長になり、やがて仲間を守るため自爆するシーンがあった。第8集が最終巻となる予定なので、おそらく大団円にふさわしいシーンを見ることになると思う。ほんとうに楽しみだ。

というわけで、せっかく『チ。』を読んだのだから、もっと「地動説」とガリレオ・ガリレイのことを知りたいと思い、『**ガリレオ裁判**』（田中一郎　岩波新書）や『**ガリレオ・ガリレイ——地動説をとなえ、宗教裁判で迫害されながらも、真理を追究しつづけた偉大な科学者**』（マイケル・ホワイト著　日暮雅通訳　偕成社）を読んだ。

裁判の後、ガリレオが「それでも地球は動いている」といったというのは、どうやらウソらしいとか。ナポレオンがローマ遠征の後、教皇庁の資料を大量に略奪したため、ガリレオの裁判記録の多くがなくなってしまい、それどころか、その資料の大半が「厚紙業者に売却されてしまった」とか。ひどいよ、ナポレオン。それから、裁判で、ガリレオは、「地動説」を否定していたらしいとか。当時の教皇がキレて、裁判になってしまったので、ガリレオにとっては予想外の事件だったとか。いろいろ勉強になりました。でも、なんだか、それじゃないんだよね、と思っていた。じゃあ、その「それ」ってなんだろう。それがわからない。

大丈夫。つい先日わかったのである。「それ」の正体が。

そうだ、ガリレオ本人の書いたものも読もう。そう思った。まず、裁判の対象になった『天文対話』を読もうと思った。その前に、手に入りやすい『**星界の報告**』（伊藤和行訳　講談社学術文庫）を読んだのである。そして、びっくりした。というか、感動した。猛烈に。

望遠鏡は16世紀末から17世紀初頭にかけて発明された。１６０８年、オランダのハンス・リッペルハイが特許申請をしたのが嚆矢《こうし》らしい。それを伝え聞いたガリレオは翌年、自作の望遠鏡を制作した。当時の最高性能のものを。そして、人類で初めて宇宙にその望遠鏡を向けた。その記録が『星界の報告』である。

ガリレオは、月、恒星、木星を観測している。この本には、そのスケッチもある。そのスケッチの、とても上手といえない感じが、まるで小学生の夏休みの観測記録みたいで、素敵！

だからこそ、ものすごい臨場感があるのだ。

「何世紀にもわたって哲学者たちを悩ませてきた論争のすべてが、眼でわかるような確実さによって解消され、我々は言葉の上での議論から解放されるだろう。というのは、銀河とは、集まって塊になった無数の星の群れに他ならないからである」

人類で初めて、肉眼では見えない「無数の星」を見た直後の感想だ。宇宙は星で満たされていた。そのことに、ガリレオは感動したのである。『チ。』の登場人物たちのように。

ダーウィン炎上

前回、「地動説」に魅せられた人びとを描くマンガ『チ。—地球の運動について—』を読んだ後、その熱気に煽《あお》られて（?·）、本家であるガリレオの『星界の報告』まで読んでしまった、と書いた。実はその続きがあったのである。あのときも紹介した『ダーウィン事変』（うめざわしゅん　講談社）「効果」で、ついにこっちも、本家ダーウィンの本を読むに至ったのだ。

そういうわけで、今年のマンガ大賞受賞作『ダーウィン事変』について、前回はほとんど触れることができなかったので、今回はきちんと書いておきたい。

「主人公」はチャーリーと名づけられた、人間《ヒューマン》とチンパンジーの間に生まれたハイブリッド（交雑種）、「ヒューマンジー」だ。過激派動物権利団体「動物解放同盟（ＡＬＡ）」は激しいテロを繰り広げながら、なぜか、チャーリーを自分たちの仲間に招き入れようと画策している。一方、人間の養父母の下で暮らしていたチャーリーは、やがて高校に進学、学校であるいは地域で、究極の「異分子」であるチャーリーは冷たい視線や偏見にさらされる。しかし、チャーリーは、人間の叡知《えいち》とチンパンジーをも超えた運動能力を持つ存在だったのだ。そんなチャーリーは、シングルマザーを母に持つ少女ルーシーと仲良くなり、そして……というところなのだが、4巻ではさらに急展開。思春期を迎えたチャーリーは、自分に好意を持ってくれているルーシーに「**ならボクと交尾しない？**」という。そのとき、ルーシー、少しも慌てず、若干の沈黙の後「いいよ」と答えるのである。いや、そうなると予想はしていたが、思ったより早くやって来たクライマックス（の前）。ただし、「嫌とは思わない」けど「いまはそう思えない」といって、（頬に）キスだけして、ルーシーは家に戻ってゆく。種を超えた愛の問題、どうなるんでしょう。そして、なんと4巻の最後には、チャーリーには弟がいたという驚愕《きょうがく》の事実も明かされる。その弟の名前が「オメラス」。これは、当然、U・K・ル・グィンの超名作短編「**オメラスから歩み去る人々**」（『風の十二方位』所収／浅倉久志訳　ハヤカワ文庫SF）からつけられた名前だろう。ということは、ル・グィンが作品の中で読者につきつけた「**究極の倫理**」が、これから先で問われることになるのだろう。こちらもワクワクするね。

ところで、このマンガは、人間とチンパンジーのハイブリッドという設定が肝なのだが、これは現実には不可能というしかないらしい（その点は作者も認めている）。これも名著として知られる『**ダーウィン以来―進化論への招待**』（浦本昌紀ほか訳　ハヤカワ文庫NF）の中で、著者のS・J・グールドはこう書いている。

「ラバが不妊であるように、この雑種も同じ理由で不妊であることはほぼ確実である。ヒトとチンパンジーとの遺伝的な差は小さい。けれども、そこには少なくとも一〇の大きな逆位と転座が含まれている」

なんでも、「逆位」というのは、染色体の一部分が「向きを変えている」ということで、それでは、チンパンジーと人間の卵子と精子の「細胞（減数）分裂は一般にうまく行なわれることがない」からだそうだ。といっても、グールドは「絶対に不可能」とも書いてはいない。だから、この問題については、こんなふうに書いているのである。

「ヒトとチンパンジーとの遺伝的差異が非常に小さいということから、私が想像しうるかぎり潜在的には最も興味をそそり、倫理的には最も受けいれがたい科学的な実験を試みてみたい、という誘惑に駆られることがあるかもしれない。つまり、この二つの種を交雑させて、生まれてきた子どもに、少なくとも部分的にはチンパンジーであるのはどんな気分か聞いてみることである」

このグールドが「禁じられた実験の目録《リスト》の中に残りつづける」とした実験を、『ダーウィン事変』ではやってみせたというわけである。しかし、この作品が取り組もうとしている「倫理上の問題」は、さらにその先にありそうだ。ほんとに楽しみ。

おお忘れていた（ウソ）。『ダーウィン事変』を読めば、やっぱり、本家ダーウィンを読みたくなり、あの『種の起源』(上・下　渡辺政隆訳　光文社古典新訳文庫)をついに完読！　で、感想は……正直、微妙。ガリレオの本が超おもしろかったので、たいへん期待したのだが、率直にいって、それほどではなかった。まあ、勝手に期待したこっちが悪いのだが。

ダーウィン先生は、いわゆる「(突然)変異」や「生存闘争(競争)」「自然淘汰《とうた》」といった仮説を、懇切丁寧に、かつ豊富な例を挙げつつ説明してくださる。すごくいい先生なんだと思う。読者であるわたしの方に、この本を楽しむ能力がなかっただけだ。おもしろかったのは別の事実。

ダーウィン先生は、いわゆる「進化論」をずいぶん以前に発見していたのだが、あるとき、ほぼ同じ発見をした研究者(ウォレス)の手紙に驚愕、慌てて、そのウォレスさんと同時発表することになった。その直後、一気に書き上げたのが『種の起源』だったのである。なので、読んでいると、文庫で(上下巻合わせて)約800頁もあるのに、何度も「本書はあくまで要約」である、と書いている。実は、書きたいことは他にももっとあったらしい。たとえば、『種の起源』には、植物やハトの話はたくさん出てくる(笑)が、人間についてはほとんど書かれていないのである。なぜ、そんな本をマルクスが猛烈に気に入ったのかちょっと謎なんだが。それはともかく、この『種の起源』ではほとんど書かれなかった「人間の進化」について書いてみせたのが『人間の由来』(上・下　長谷川眞理子訳　講談社学術文庫)だ。

こっちの方がおもしろかったんです。悪いけど『種の起源』よりずっと！

簡単にいうと、この本で、ダーウィン先生は、人間とそれ以外の「下等動物」との間で、心、感情、記憶、想像力、理性、言語、自意識、美的感覚、宗教心といったものがどの程度ちがうか、というか、どの程度同じなのかを考察したのである。中身は、読んでください。ひとことでいうと、ダーウィン先生は、

「他の動物も、なかなか人間に負けてないよ！」と主張しているのである。いや、これもう一歩進むと、『ダーウィン事変』の「動物解放同盟」のリーダーになれるんじゃないかっていう感じなのだ。しかも、それだけじゃない。

もっと問題なのは、「動物推し」を強調するあまり、「文明化」されていない「未開人」たちを徹底してディスってしまったことだろう。実は、本の冒頭にわざわざ「本書では、当時の西ヨーロッパ社会において常識的だった、非ヨーロッパ的な文化を遅れたものと見なす、差別的な文明観に基づいた表現が多数用いられている」とわざわざ書いてあったが、読んでみたら、ほんとにヤバかったです。こんな本、いま新作として出版されたら「炎上」確実。そっちの方が冒険かも。

有紗ちゃんとジェルソミーナ

「高橋家」のマンガソムリエである妻が「泣いた」というので、『初恋、ざらり』（上・下　ざくざくろ　KADOKAWA）を読んだ。「泣いた」という本は、実は用心した方がいい。読んでみると、たいしたことがないものも多いからだ。しかし、『初恋、ざらり』は、わたしも泣いた。まいったよ……。

主人公の「有紗ちゃん」は、軽度の知的障害がある25歳の女性だ。絵を見た感じでは「女性」というより「女の子」と呼んだ方がぴったりの気がする。

上巻の第1話で、宴会のコンパニオンをしている有紗ちゃんが、客から身体を求められて断れないシーンが出てくる。そのとき、有紗ちゃんは、こう呟《つぶや》く。

「またお客さんとしちゃった…ダメなのに……でも、コレでしか役に立てない……必要とされたら拒めない」

この、有紗ちゃんの「必要とされること」への強い思いが、『初恋、ざらり』の底に流れるテーマということになるだろう。

有紗ちゃんが、どんな女の子で、どんなふうに育ってきたのかは、読みながら少しずつわかってくる。「知的障害」の中身は「IQ68」の「自閉症」だ。中学生のときに、可愛い制服の女の子を見て、「ママ、私あの高校行きたい、制服が可愛いの」といって「は？　行けるわけないじゃ〜ん」とママからいわれる有紗ちゃん。

だから、支援学校に行くことになって、1年生のときに「勉強がんばって、大学は好きなとこ行くんだ」という有紗ちゃん。

でも、2年になると、いきなり学校で「このメンバーで工場に実習いくから」といわれる有紗ちゃん。有紗ちゃんのような「知的障害」の女の子は、最初から大学は諦めさせられて、「お仕事」に行くことになるのだ。そして、支援学校から行かせてもらえるのは工場労働のようなところだ。履歴書に「支援学校卒」の文字を入れると、たいてい断られるのだ。だから、有紗ちゃんは、心の底からこう思う。

「普通になりたい」

第1話に戻って、有紗ちゃんは、ある配送センターで働くことになる。そこで、「岡村さん」という優しい男性と出会う。岡村さんは、有紗ちゃんに、商品を「午前着と午後着に分けて」という。でも、有紗ちゃんにはわからない。

「午前と午後ってどこに書いてあるんですか」

「ここだよ、ここにAM・PMって」

「あのっ、AM・PMって何ですか?」

そういってから、有紗ちゃんは、心の底で、淋《さび》しくこう呟くのである。

「もしかしてみんな知ってることだった?」

この箇所を読んだとき、わたしはとても悲しくなった。わたしも、ある人に有紗ちゃんと同じ思いをさせてしまったことがあったからだ。

あるとき、有紗ちゃんと似たような障害を持つ人とあるところへ行った。そしたら、その人は、「トイレはどこ?」と訊《き》いた。だから、わたしは、「あっち」と答えた。その人は、トイレに行ってしばらく戻って来なかった。心配になってトイレまで行くと、その人は、トイレの入り口でたたずんでいた。

「どうしたの?」というと、その人は、「どっちが男用かわからない」と淋しそうに答えた。「Men」と「Women」の意味がわからないその人は、教えてくれる人が通りかかるのを待っていたのである。

わたしはほんとうに恥ずかしかった。自分が心底いやになった。その人にそういう思いをさせてはいけなかったのだ。

そんな有紗ちゃんは10歳年上の岡村さんとつき合うようになり、同棲《どうせい》するのである。でも、たいへんだ。「おんぶに抱っこ」にならないよう、有紗ちゃんは、家事も頑張る。洗濯物をたたむ……でも丸めただけだ。食器を洗う……でも、割ってしまうのだ。ゴミを捨てる……でも、ゴミの日ではないのだ。

有紗ちゃんはできないことが多い。そのできないことの多くは「ふつう」のことだ。そして、そのことが有紗ちゃんはすごく悲しい。

そんなある日、有紗ちゃんは、岡村さんの両親と会うことになる。岡村さんは心配だから、有紗ちゃんに、とりあえず障害のことはいわないように、という。でも、両親がとてもいい人だったので、有紗ちゃんは、自分の障害についてしゃべってしまう。そして……その後のことは、もし関心があれば、みなさんに自分で読んでもらいたいと思う。ずっと「私は価値がない」と思い、「誰からも必要とされず、死んでゆく」と思っていた有紗ちゃんが、どうなるのかを。

久しぶりに、**フェデリコ・フェリーニ**監督の『道』を観た。1954年に制作されたこの作品は、映画史上に残る傑作とされている。

ジュリエッタ・マシーナ演じるヒロインのジェルソミーナも、有紗ちゃんと同じ、軽度の知的障害のある女性だ。イタリアの貧しい家に育ったジェルソミーナは、あるとき、母から旅回りの芸人ザンパノ（演じているのはアンソニー・クイン）に1万リラで売られて、旅に出る。その前に姉のローザも売られて旅先で亡くなってしまい、その代役の意味もあったのだ。ジェルソミーナは、誰よりも美しい心の女性だった。けれども、野蛮で傲慢なザンパノには、ジェルソミーナが理解できなかった。理解しようとも思わなかった。「不細工」で、料理もできず、まともに歌も歌えないジェルソミーナ。

だから、ジェルソミーナはこういうのだ。

「私は何の役にも立たない女よ」

あるいは、こうもいう。

「私はこの世で何をしたらいいの?」

そんなジェルソミーナに、ある綱渡り芸人がこう答えるのである。

「この世の中にあるものは、何かの役に立つんだ。例えばこの石だ。(略)おれには小石が何の役に立つかわからん。(略)これが無益なら、すべて無益だ。空の星だって同じだとおれは思う。お前だって、何かの役に立ってる」

このことばに励まされて、ジェルソミーナはザンパノの役に立とうと、離れることをやめ、彼の下《もと》に戻ってゆく。けれども、そんなジェルソミーナをザンパノは結局、捨ててしまい、彼女は悲惨な境遇の下で死んでしまうのである。

映画は、最後、ザンパノが、自分はジェルソミーナに生かされていたということに気づくところで終わっている。

『初恋、ざらり』の岡村さんは、終わり近くで、有紗ちゃんにこういうのである。

「有紗ちゃんがいると、オレが幸せなんだよ。君が必要なんだよ」

いまのことばを使うなら、役に立たないように見える有紗ちゃんやジェルソミーナには、ただいるだけなのにその傍《かたわら》にいる人間に力を与えることができる「エンパワーメント」の能力があった、ということになるのかもしれない。そんなことばなどなくても、そんな力があることを、みんな昔から知っていたのだ。

「女生徒」よ　永遠に

九段理江さんは「悪い音楽」という小説でデビュー。その後書いた「Schoolgirl」(『文學界』2021年12月号掲載)という作品と合わせて、初めての本を出した。その「Schoolgirl」、芥川賞と三島由紀夫賞で候補になり、どちらも実質的に次点だった。惜しい! ほんとに将来が楽しみだ。どこがそんなに評価されたのか、そして、彼女の作品はほんとうにおもしろいのか。おもしろいです。三島賞の選考委員だったわたしが保証いたします。

では、どこがおもしろいのか。それを説明することは、ちょっと難しい。なんとか頑張って、説明してみますね。

この「Schoolgirl」、過去の名作のリメイクといってもよろしい。というか、ある名作をリスペクトして書かれたものだ。その名作とは、もちろん、太宰治の「女生徒」。英語に翻訳してください。ほら、「Schoolgirl」でしょ。

主人公の「私」には、14歳になる娘がいる。その娘こそ、陰の主役である「Schoolgirl」ちゃんだ。母である「私」と「娘」の間は、うまくいっていない。よくある話だ。貧乏だからではない。「夫」は外資系の会社に勤め、いま海外出張中の有能なビジネスマン。住んでるところはタワマン。でもって、「娘」は小さい頃からインターナショナルスクール通い。なので、ふだんから英語でしゃべる。日本語は、「私」としゃべるときくらいしか使わないのだ。なんてこったい。ちなみに、「夫」は優しく、浮気なんかしていないようだ（たぶん）。

じゃあ、問題なんか特にないじゃん。そう思うでしょう。そうじゃないんだな。外からは恵まれているように見えても、中に入ってみると「たいへんだ！」という家庭はたくさんあるのだ。

なにより、「娘」は「私」に反抗している。朝食のベーコンエッグをつくって、「娘」を呼びにいくと、こういうのである。

「ベーコンは食べないってば。卵も」

なぜ、「娘」は「動物由来の食品を摂らない」のか。それは、そもそも畜産というものが……「温室効果ガス」が地球の未来を滅ぼすし……動物の権利が侵害され……「娘」が、滔々《とうとう》と述べる理論を「私」は、ぼんやり聞くだけだ。どうやら、「娘」は「専業主婦」であることに安住して「無自覚な消費者」である「私」を批判しているらしいのだ。そして、「私」は「娘」のいう通りだと思うのである。

「私」が、ぼんやり日々を過ごしているうちに、「娘」はものすごく「意識的」な女の子になっていた。あの**グレタ・トゥンベリ**さんのように。そして、こんなことを口走るのだ。

「私はお母さんの所有物じゃない」

それは、「私」が恐れていたことばでもあった。というのも、「私」はかつて「あの人（自分の母親）」から虐待されていたことがある。だから、自分も「あの人」のようにならないように、「スマートフォンに通知がくるように設定しているんです、【今日も手をあげなかった？】って」。

ここまで読んでくると、これはよくある「毒親もの」のようだ。というか「毒親」にならないように必死になっているけれど、娘から「毒親」と見なされる可哀そうなお母さんのお話だ。どちらにせよ、如何《いか》にも現代の小説だ。

ところが、ちがうんです。小説の半ばあたりから、なんだか様子が変わってくるのである。「娘」は、ユーチューブで動画配信をしている。そして、配信しているチャンネルで「世界の悲惨な現状」を知ってもらい、世界を変える「革命」を起こそうとしているのである。そこまでは、よろしい。なんて真っ直《す》ぐで、真面目な女の子なんだろう。ところが、「娘」は、突然、「革命」とは関係のないことを呟《つぶや》きだす。それは、「お母さん」のクローゼットの奥で見つけた一冊の本、太宰治の『女生徒』についてなのだ。小説なんか無駄だと、意味ないと思っていた「娘」は、「お母さん」が大切にしていた『女生徒』を読んでいるうちに変調を来してくる。「女生徒」の文体に、というか太宰治の文章に頭の中を乗っ取られて、いつもとちがうことを考えるようになってしまう。それ、どうしてなんですか？　小説って、そんなものなんですか？　それとも、この太宰って人の小説がおかしいんですか？　私……私……実は「お母さん」が好きなんです。「女生徒」の「私」と同じように。

それまで、「娘」は親のことなんか信じていなかった。世界には「環境破壊」という悪があって、自分はそれと闘うのが使命だと信じていた。立派なことだ。わたしもそう思う。でも、ちょっと固いかな。そこまでお母さんに邪険にすることもないと思うけど。でも、それまで、どんな大人のいうことも聞かなかった「娘」も、太宰治のいうことは聞くのである。というか、その文章に「やられて」、頭が、考え方が、柔らかくなっていくのである。

「Schoolgirl」が発表されたのは２０２１年。その82年前、「女生徒」は１９３９年に発表された。こちらも、主人公は14歳（くらい）の女の子。全編、その「私」のモノローグなのだ。冒頭は、「あさ、眼をさますときの気持ちは、面白い。」で始まるのだが、それにつづく文章はこう。

「かくれんぼのとき、押入れの真暗い中に、じっと、しゃがんで隠れていて、突然、でこちゃんに、がらっと襖《ふすま》をあけられ、日の光がどっと来て、でこちゃんに、『見つけた！』と大声で言われて、まぶしさ、それから、へんな間の悪さ、それから、胸がどきどきして、着物のまえを合せたりして、ちょっと、てれくさく、押入れから出て来て、急にむかむか腹立たしく、あの感じ、いや、ちがう、あの感じでもない、なんだか、もっとやりきれない」

ふう。実はまだまだまだまだ、この文は、というか、「私」のモノローグは、切れ目なくつづいていくのである。いま読んでも、「なにそれ?」って感じ。「Schoolgirl」の「娘」は「なんか癖になる」といい「私を乗っ取っていく感じがする」というのも無理はない。

わたしも久しぶりに読んで、やっぱり、唸《うな》った。みなさんも、本棚に「女生徒」があったら、開いて読んでいただきたい。

なんというか、あらゆる建物をぶっ壊して、なにもない原っぱにした後にできた掘っ建て小屋の中にいる感じ。そこを風が吹き通ってゆく感じ。社会やら倫理やら学校やら戦争やら会社やら宗教やら、なにもない感じ。ひとことでいうなら、「自由」な感じ。

あらゆる問題が押し寄せて来て、どうにも身動きできなくなった現在、その中で、死にそうになっていた「娘」が、80年も前の女の子のことばづかいに救われる。「自由」っていいな。私、「自由」ってどういうものなのか、知らなかったんだ。

九段さんも、その「娘」と同じように、それを発見したのかもしれませんね。

ウルトラマンをつくったのは三島由紀夫？

「ウルトラマンをつくったのは三島由紀夫である」という説を、ずいぶん前から、いろいろなところで聞いたことがある。

そんなバカな！　多くの方はそう思われるだろう。**三島由紀夫**ですよ。『仮面の告白』、『潮騒』、『金閣寺』に『豊饒の海』四部作、それに『サド侯爵夫人』に『憂国』の三島由紀夫だ。というか、最後に自衛隊に突入して割腹自殺された三島先生だ。「ウルトラマン」と何の関係があるんだよ。そう思うのがふつう。でも、どこかで誰かがまたポツリと呟《つぶや》くのだ。「ウルトラマンをつくったのは三島由紀夫じゃないの……よくわからないけど」

今年、またウルトラマンが大きくクローズアップされた。映画『**シン・ウルトラマン**』が公開され、そしてまたしても、例の「ウルトラマンをつくったのは……」が始まったのである。

「**ウルトラマン**」の誕生は1966年に遡《さかのぼ》る。テレビシリーズが始まったのだ。ここに登場しているのが、いわゆる「初代ウルトラマン」。もちろん、わたしは見ていた。その前作にあたる「ウルトラQ」も。その後の「ウルトラセブン」も見たし、「ウルトラマンA《エース》」、「(『ウルトラマン』は以下略)タロウ」、「レオ」あたりまでは見ていたように思う。そこから先は、見なくなった。だが、2006年、「メビウス」の放送が始まると、また見るようになった。長男・次男が生まれたせいである。そこから、また遡るように「マックス」、「ネクサス」、「コスモス」、「ティガ」を見たっけ……おっと懐かしくなってしまった。

そして、今年の『シン・ウルトラマン』だ。もちろん映画館に駆けつけた。いや、おもしろかった。高3の長男は初日の1回目に行き、「やっぱりおもしろい」と唸《うな》っていた。そりゃあ、2歳で「メビウス」にはまった男の子だものね。

では、『シン・ウルトラマン』は、どんなお話なのか。簡単にいうと、初代「ウルトラマン」シリーズのエピソードをいくつか集めて、つくり直したものだ。

……怪しい透明禍威獣《かいじゅう》「ネロンガ」が出現する。禍威獣とは「敵性大型生物」のことだ。ネロンガは電気を捕食するヤバいやつだった。暴れ回るネロンガ、取り残された集落に子どもを見つけた禍威獣特設対策室専従班「禍特対」の担当官・神永は、子どもを救うために駆けつけようとする。そのとき、大気圏外から正体不明の飛翔体が降下してくる。衝撃で舞い上がる土煙。神永は身を挺《てい》して子どもを守るのだ。その飛翔体は「銀色の巨人」であった。そして、その「銀色の巨人」は「ネロンガ」を倒すと、大空に戻ってゆく。さらに、また新しい、放射性禍威獣「ガボラ」が出現。この「ガボラ」もまた、前回の巨人が倒す。そして、この謎の巨人は「ウルトラマン」と命名されるのである。

やがて、「メフィラス（星人）」が現れ、生体を巨大化させる原理を教え、人類の巨大化で敵性外星人から自衛できると訴える。だが、それは、「メフィラス」の計略だった。ウルトラマン（人間としては神永）との対話に臨んだ「メフィラス」は、人類は兵器に転用可能な資源故、一緒に独占管理しようと持ちかける。拒否したウルトラマンは戦い、「メフィラス」を打ち破る。

最後に現れたものこそ最強の敵であった。それは、ウルトラマンと同じ「光の星」からやって来た「ゾーフィ」だった。なぜ、人間の神永の身体と融合したのかと問われたウルトラマンは、幼い命を守るため自分の命を差し出した人間を理解したいからだと答える。それに対して、「ゾーフィ」は、そのことによって人類が生物兵器に転用が可能だとすべての知的生命体に知られた以上、地球を廃棄処分にするしかないと告げる。ウルトラマンは、自分より遥《はる》かに強力な「ゾーフィ」と戦おうとする。なぜと問われたウルトラマンは、人間を信じて戦うのが私の使命だと答えるのである。

宇宙の中でちっぽけな存在にすぎない人類。そのけなげさにうたれて、自分の生命と身体を犠牲にしてもかまわないと告白する異星人がウルトラマンなのである。

この「ウルトラマン」シリーズが始まる4年前の1962年、雑誌『新潮』に連載されたのが、三島由紀夫の『美しい星』だ。そのあらすじは以下の通り。

……あるとき、大杉重一郎が空飛ぶ円盤を見たときから、すべてが変わった。その瞬間、重一郎は、自分が火星から飛来した宇宙人であることに気づくのである。重一郎だけではない。他の家族たちもそれぞれ、妻は木星から、長男は水星から、長女は金星から飛来したことを思い出す。いや、そんな意識に目覚めるのである。では、なぜ、彼らは宇宙からやって来たのか。それは人類を護《まも》り、地球の平和を護るためだった。そのことを信じ、平和を実現するため、大杉一家は動き出す。その一方で、正反対の動きをする人びと、いや宇宙人たちもいた。

それは、「白鳥座六十一番星あたりの未知の惑星」から飛来した、3人の宇宙人たちだった(もちろん、姿形は人間)。彼らの目標は、醜悪な人類を滅ぼすこと。

『美しい星』のクライマックスは、大杉家に乗りこんで来た3人と、重一郎が対決するシーンだ。「対決」といっても、ウルトラマンと禍威獣の戦いのような戦闘シーンはなく、人間の形をした宇宙人たちによる、火の出るような大論戦なのである。ちなみに、このトークバトル、文庫版で全360頁のうち60頁も占めていて、人類の運命を懸けたその論戦は『カラマーゾフの兄弟』の有名な「大審問官」を思わせる熱量だ。

人類に価値などなく滅ぼすしかないと熱弁をふるう「白鳥座六十一番星」の面々に対し、重一郎は、その論理の正しさを認めた上で、もし人類が滅んだら、その墓碑銘には、人類の

五つの美点を書きたいというのである。すなわち、

「人間なる一種族ここに眠る。

彼らは嘘《うそ》をつきっぱなしについた。

彼らは吉凶につけて花を飾った。

彼らはよく小鳥を飼った。

彼らは約束の時間にしばしば遅れた。

そして彼らはよく笑った。

ねがわくはとこしなえなる眠りの安らかならんことを」。

儚《はかな》く、小さき、愛すべきものであるが故に、滅ぼしてはならない、と「火星人」大杉重一郎はいうのである。


人類を絶滅させるためにやって来た宇宙人対人類を護るためにやって来た宇宙人。その白熱の議論。知り合いのウルトラマンマニア（笑）によれば、テレビ版「ウルトラセブン」（1967〜68年）で、メトロン星人とモロボシ・ダン（ウルトラセブン）が、ちゃぶ台を挟んで、人類の運命について語り合うシーンが激似だそうだ。『美しい星』は1964年にテレビドラマ化された。演出は真船禎《ただし》。後に「帰ってきたウルトラマン」を監督する人である。

毒になる親

「毒親」ということばをつくったといわれるスーザン・フォワードの『毒になる親』（玉置悟訳　毎日新聞社）が出たのは1999年。アマゾンの履歴によると、わたしが買ったのは、文庫版（講談社＋α文庫　2001年刊）で2010年だった。では、「毒親」ということばが、日本で流行《はや》りだしたのはいつ頃からだったのか。

娘が自分をイグアナだと思いこんでしまう、というか、母親には娘が（醜い）イグアナに見えてしまうことから生まれる、母と娘の葛藤を描いた萩尾望都さんの名作マンガ『イグアナの娘』がきっかけだとは、よくいわれる。わたしの手元にあるのは1995年のPFコミックス（小学館）の第2版で、第1版は前年の94年に出ている。ということは、この頃には「毒親」ということばはまだなかったのかもしれない。「毒親」は、父親にも母親にもいるが、とりわけ「娘」に対する「母親」のそれがクローズアップされたのが、この頃だった。

ご存じの方も多いと思うが、最近、あるマンガ家をめぐって「炎上」騒ぎがあった。そのマンガ家は、自らの家族についてずっと描いてきたが、描かれた側の娘が、母親であるそのマンガ家の実態について「告白」したからである。描く側と描かれる側の非対称、つまり、描く側は常に自分にとって都合よく描いてしまう、という問題の根は深い。作家であるわたしにとって他人事《ひとごと》ではないのである。

日本文学の世界でも、多くの作者が「炎上」物件を制作している。初期の有名どころでは、田山花袋先生が『蒲団』で、島崎藤村先生が『新生』でそれぞれ、若い女性の弟子への愛着、あるいは実の姪《めい》との深い関係について書かれた。一方的な書きっぷりの上、花袋先生も藤村先生も、文学上のキャリアで大切な作品となった。自分だけ良ければいいのか、と誰だって思うだろう。書かれた当事者は、確かに散々な目にあったのである。ところが、同時に、彼女たちはその作品を自分のために利用したり、「共同制作だった」と述べたりもしている。実際のところ、被害と加害の関係は単純ではないのである。ほんとうのところは、当事者にしかわからない。いや、もしかしたら、当事者だってわからないのかもしれない。

久しぶりに**佐野洋子**の『**シズコさん**』（新潮文庫）を読んだ。「シズコさん」は、佐野さんの母親の名前だ。この文庫版が出たのは2010年（単行本はその2年前）で、『毒になる親』を買った頃だ。「毒親」について考えるために買ったのか、あるいは、『シズコさん』を読み、「毒親」について考えるようになったのかもしれない。だから、読み返してみた。そして、驚いた。わたしの記憶では、佐野さんが、自分の母親の「毒になる」部分について書いたもののはずだったが、印象とはだいぶちがったのだ。記憶がまちがっていたのか、わたし自身の考えが変わったのか、どちらなのかはわからない。

「四歳位の時、手をつなごうと思って母さんの手に入れた瞬間、チッと舌打ちして私の手をふりはらった。私はその時、二度と手をつながないと決意した。その時から私と母さんのきつい関係が始まった」

「ある昼、私は釜でじゃがいもをふかすためにかまどの前で、火をたいていた。私はかまどの前で居ねむりをしてしまった。気がつくと私は板の間にころがされて、母が、ほうきの柄で私をたたきのめしていた。じゃがいもが黒こげになったのだ。母はたたきのめしながら足で私をころがした。私は虫のようにまるまり悲鳴を上げた。悲鳴を上げても私は泣かないのだ。母はいつまでも止《や》めなかった。ころがしたたきのめす」

「私は入学した。十三歳反抗期のスタート。そして全開した。

私が母の何を具体的に嫌だったか、全然思い出せない。何でもかんでもムカついていたのだと思う……、私にだけでなく妹や弟にも『うるさい』とまとわりつかせなかった粗暴な身のこなし。それ位しか思い出せない。しかし反抗期に休日はなかった……。
そして私も加害者になっていた。私は家の中で全く口をきかない人になっていた」

やがて、佐野さんは、母親への憎しみが自分固有のものではなく、たくさんの人（娘）たちに共通したものであることに気づく。その頃、母親は、とっくに老い、ボケはじめ、やがて佐野さんは、深い悔悟の念と共に、母親を老人ホームに入れる。そして、母親の人生が終わりに近づいた頃、娘である佐野さんは母親のことを知ろうとしなかったことに気づく。
母親は、特別残酷な親ではなかった。ごくふつうの市民だった。大正から昭和にかけてのモダンガールだった。念願だった帝大生と結婚した。植民地だった北京で暮らした。終戦のどさくさの中、たくましく生きるしかなかった。7人子どもを産んで、3人亡くした。残りの4人は育てあげた。インテリで頼りにならない父親に代わりたくましく生きたのだ。

「母さんは自分で考えていたよりもずっと波乱に満ちた生涯を実に力強く生きた。
少々荒っぽかったかも知れないが、現実をよく生きた」

母親が人生の最後にたどり着いた頃、そして、佐野さん自身が、癌《がん》に冒され、死に向かいつつあることを自覚した頃、ようやく佐野は、母親がどんな人間であったかがわかった。生きるのが精一杯だったのだ。次々生まれる子どもたちを生きさせねばならなかったのだ。

「母さんは動物の母親の様だった。本能的な母性愛があった……。母さんは赤ん坊が好きだった。赤ん坊だった弟を抱いている母の写真は、犬や猫が子供をなめまくっている様に、ほとんど、菩薩《ぼさつ》である」

一人の子供を育てるだけで大変だった佐野さんは、「私にはできない」と思う。夫を50で亡くした後、生き残った子どもたちを全部大学に入れ、ボケ、老い衰え、母親は93歳で亡くなる。そして、長い間、そんな母親を「毒親」だと思っていた自分に驚くのである。

確かに、ひどい「毒親」はいる。子どもを徹底的に傷つける親もいる。だが、同時に、「毒親」ではない親もいないのだと思う。誰も傷つけない人間は、どこにもいないのだ。

『シズコさん』は、佐野さんが母親の記憶を懐かしむ、こんな文章で終わっている。

「静かで、懐《なつか》しい思いがする。

静かで、懐しいそちら側に、私も行く。ありがとう。すぐ行くからね」

「終戦日記」、日本とドイツ

この季節（7〜8月）になると、「あの戦争」関連のものを読むことにしている。この間、必要があって、『「終戦日記」を読む』（野坂昭如　朝日文庫）を読んだ。「焼跡闇市派」といわれた野坂昭如は、「あの戦争」にこだわり続けた作家で、この本は、「あの戦争」について日本人がどう考えていたかを、たくさんの日記の中から探り出したものだ。中身は、有名な作家や政治家から、無名の市民まで幅広い。個人的に驚いたのは、引用された日記のタイトルだ。

『戦中派不戦日記』（山田風太郎）、『敗戦日記』（高見順）、『大佛次郎　敗戦日記』、『渡辺一夫　敗戦日記』、『夢声戦争日記　抄　敗戦の記』（徳川夢声）、『敗戦前日記』（中野重治）、『海野十三敗戦日記』等々。

ほとんどすべてに「敗戦」という単語が登場している。戦争が終わった直後は、目の前にある事態をみんな「敗戦」ということばで表現していた。それが、いつの間にか「終戦」ということばが代行するようになったのである。敗戦国にとって、「終戦」ということばは、「敗戦」という実態から目を背けることができる便利なことばだったのだ。

敗戦直前の海野十三《うんのじゅうざ》の日記はこうだ。

……八月十二日、「女房にその話（※みなで死ぬこと）をすこしばかりする。（……）『敵兵が上陸するのなら、死んだ方がましだ』と決意を示した。（……）子供も（……）ある程度の事情を感づいているらしい。『残っているものを食べて死ぬんだ』といったり『敵兵を一人やっつけてから死にたい』という」。八月十三日、「私としてはいろいろの場合を説明し、いろいろの手段を話した。その結果、やはり一家死ぬと決定した」……。

これは、当時の日本人の多くの心情を代表することばだったろう。これほどまでに戦争に深く参加した（はずだった）のに、8月15日を迎え、「敗戦（終戦）」が決まった瞬間、ほとんどの日本人はあっさりそれを受け入れた。

「いざ敗けたとなって、世界の歴史上、かくも見事に、整然と、さしたる混乱もなく、この国民のほとんどにしてみれば、驚天動地《きょうてんどうち》の事態を、平静に受け入れた例はない……ナチス、ファシズムに対する計画的な反抗が、ドイツ、イタリアにはしばしば企《くわだ》てられたが、大日本帝国において、いっさいみられなかった……」

それはなぜか、と野坂さんは考え、そしてこう結論づけるのである。日本国民の多くは、空襲、破壊、飢餓、そんな「惨禍《さんか》を、天災の如く受けとめ、ただ、漂い流れ」たからだと。「一発でも射ち返せるなら『敵』との認識も抱き得る、ただ逃げるだけ、となると、これは、天災、あるいは厄病《やくびょう》の大流行。地震や天然痘《てんねんとう》やコレラに、憎しみは抱き得ない」のである。「このすべて、平穏安泰におさめるべく、天皇がお祈りになった。あの詔勅《しょうちょく》こそは神の言葉だった。この時、天皇は現人神になり給《たも》うた。ラジオの雑音、玉音の抑揚、この時、日本人は都合よく、神の言葉に従った。

玉音放送はお告げ、日本人は生き残った」

戦争は終わった。**戦争は天災。だから、誰の責任でもない。**もう忘れよう。都合の悪いことはみんな。明るい未来のことだけ考えようぜ。

野坂さんによると、8月15日から占領軍がやってくる28日あたりまで、新聞やラジオも、個人の日記も大混乱だったようだ。それは、みんな正気に戻って呆然《ぼうぜん》としていたからである。真剣に戦争について反省しているような人はほとんど見られなかった。では、どんなときにでも冷静沈着な官僚たちが「敗戦（終戦）後」、最初にやったのは何だったのだろうか。

戦争が終わった僅か2日後、8月17日。「花柳界、遊郭の経営者」の「主だった連中が、警視庁に呼び集められ、『国体護持の大精神に則《のっと》』った内命を受けている。やって来る占領軍、三日前までの『鬼畜』に対し、『彼我両国民ノ意思ノ疎通ヲ図リ、併テ国民外交ノ円滑ナル発展ニ寄与、同和世界建設』の目的で、占領軍慰安施設を緊急に造るべく、指令される。この忠良なる人々、狐につままれた感じで、『円滑ナル発展』に必要な女性を、どう集めるか、考えはじめた」のである。

「敗戦」後最初の施策は、「慰安婦」を集めること。さすが、というか、なんというか。

「天皇の官吏は、一日にして、GHQのしもべと変じ、何の変りもない」

まさに「何の変りもない」。いままで天皇という権威に盲従していた日本人は、権威が変わればそちらに盲従するだけなのだ。

こうした風潮に気づいた山田風太郎は、9月1日の日記でこう嘆いた。

「今まで神がかり的信念を抱いていたものほど、心情的に素質があるわけだから、この新しい波にまた溺《おぼ》れて夢中になるであろう。——敵を悪魔と思い、血みどろにこれを殺すことに狂奔《きょうほん》していた同じ人間が、一年もたたぬうちに、自分を世界の罪人と思い、平和とか文化とかを盲信しはじめるであろう!」

まさにその通りになってゆくのである。

同じ頃、ドイツでは、あの『エーミールと探偵たち』の作者ケストナーも日記を書いていた。その一部が『終戦日記一九四五』(酒寄進一訳 岩波文庫)として刊行されている。

1899年生まれのケストナーは『エーミール〜』(1929年)や『飛ぶ教室』(193

3年）で一気に有名になった。だが、1933年、ナチスが政権を掌握すると、作家活動を禁止された。その作品が燃やされたことは有名だ。だが、その現場を見物に行くところも、ケストナーらしい。多くの良心的作家が亡命する中、ケストナーはあえて国内に残り、「国内亡命者」として戦った。『終戦日記一九四五』は、その戦いの記録でもあったのだ。

4月28日、スイスへ逃亡しようとしたムッソリーニが射殺。30日には、ヒトラーが自殺。ようやくドイツは降伏した。6月になると、来るべき「戦後」に向けて、「言い訳」を始めたドイツ人の姿をケストナーは描き出した。戦争中、政府の圧迫でユダヤ人の妻と離婚したある男は「普通の時代でも離婚していただろう」といい、また別の男は、「最近までナチの党章をつけていたのに党員ではないと言いはる」、「正式な党員じゃなかった……党員にならないためにどんな苦労をしたか知らないだろう！」と。罪などない。悪いのは時代だ。この言い訳、日本でも同じだったのか。

「わたしたちは『すべての人は、上に立つ権威に従うべきである』という聖書の一節を他の民族よりも真に受ける。わたしたちは従順な臣下でありつづける。たとえ上に立つ者が異常な大量殺戮者であってもだ……わたしたちは政治的に従属する人間、国家による虐待に甘んじるマゾヒストなのだ」

いずこの国においても人々の態度は変わらないというべきなのか。

アメリカの若大将 vs ニッポンの若大将

話題の映画『エルヴィス』を観に行った。いうまでもなく、ポップミュージックの世界に革命を起こしたエルヴィス・プレスリーの伝記映画である。

映画そのものも面白かったが、観客席はもっと面白かったかも。まず、高齢化率（?）がヤバい。観客の3分の2は、今年71歳のわたしと同じ、もしくはわたしより年上ではないか。生きていれば今年95歳になるわたしの母親も、健在なら観に行ったと思う。母親は伝説の名優ジェームズ・ディーン（『エデンの東』、『理由なき反抗』、『ジャイアンツ』と立て続けに主演し、24歳で事故死）の熱狂的なファンだったが、その4歳下のプレスリーもディーンの大ファンで、主演映画『闇に響く声』は、もともとディーン主演の予定だったと伝えられている。

館内の高齢観客のみなさんの内訳は、カップル、女子のグループが大半。その中にポツポツ、ひとりぼっちの男性も混じっていた。映画が終わると、あちこちで拍手の音。拍手しているのは、全員女性だった。わたしは、ぎりぎりエルヴィスに間に合った世代なので、曲も覚えている。エルヴィスがブレイクした曲、「ハートブレイク・ホテル」（と「ハウンド・ドッグ」）が出たのが1956年でわたしが5歳のとき。しかし、わたしにとってエルヴィスは、なにより映画の中の人だった。

エルヴィスは歌手デビューとほぼ同時に映画でもデビュー。主演した映画の数は、なんと33本！　音楽の世界を変えた革命児は、歌と映画の「二刀流」だったのである。

1本目は『やさしく愛して』（56年）、これは観ていない。3本目の『監獄ロック』（57年）も、今回初めて観たが、すごくイイ！　っていうか、びっくり。なにしろ、主人公でエルヴィス演じるトラック運転手のヴィンスは、映画の冒頭、喧嘩《けんか》で人を殴り殺し、いきなり服役してしまうのである。殺人ですよ。いいんですか、アイドルにそんなことさせて。それから、服役中に、ヴィンスは、ハンクという名の元カントリー歌手に音楽を教わる。すると、ヴィンスの才能に驚愕《きょうがく》したハンスは、「釈放されたらおれと組もう。ついては、いまから契約しとこう」と、収入の50％を受け取る契約書に無理矢理サインさせるのだが、これは映画『エルヴィス』でエルヴィス以上に印象的な存在だった、トム・ハンクス演じる、敏腕&悪徳マネージャー「パーカー大佐」が、エルヴィスを騙《だま》した契約書と同じような内容じゃないか。って、こんなこと映画化していいの？　それから、悪徳レコード会社に騙されたり、悪徳映画会社のデタラメに翻弄《ほんろう》されたり、ショービジネスの汚い裏側がテンコ盛り。さらに、ヴィンス自身も傲慢で金にしか興味がないように描かれたりで、この映画、アイドル映画かと思って観ると、内容が真逆で驚かされる。デビュー映画の『やさしく愛して』も、内容が兄弟の相剋《そうこく》だったというから、はっきりいって、映画界でのエルヴィスは、ジェームズ・ディーン路線を歩んでいたようだ。だが、残念なことにディーンほどの演技力がなかったエルヴィスは、やがて転向する。わたしが、映画館で熱心に観た『G・I・ブルース』（60年）ではコメディ路線に、そして『ブルー・ハワイ』（61年）で、観光地巡り・歌・恋の3点セットが始まるのである。

久しぶりに（おそるおそる）観た『ラスベガス万才』（63年）だが、もう、「エルヴィス映画・ワンパターン」全開で、最高だった。エルヴィス演じる「ラッキー・ジャクソン」は、カーレーサー（F1？）で、レースに出るためラスベガスにやって来るが、金をなくしてエンジンも買えない。というかホテル代も払えなくて、ウェイターのアルバイトをする始末。そのホテルで水泳コーチをしているアン＝マーグレットとの恋がメイン。もちろん、最後は、無事レースに出場して、優勝して、彼女とも結婚。いいんだよね、このご都合主義と多幸感が。もう一つびっくりしたのは、恋とレースのライバルであるマンチーニ伯爵を演じるチェザーレ・ダノーヴァがサッカーのレヴァンドフスキ選手にそっくりだったこと！　知らんかったです。

ところで、**若大将**で有名な**加山雄三**さんが、2022年限りでコンサートからの引退を発表。わたしもラストコンサートのチケットを申し込んだが、やはり無理だった……だよね。

その加山雄三こそ、**日本のエルヴィス**だったのである。加山雄三は、1937年生まれ。エルヴィスの2歳下ということになる。映画会社東宝に入社したのが60年。その年に映画デビュー、翌年に歌手デビュー。加山の代名詞になった「若大将」シリーズは61年にスタートし、71年までに17本が作られた。そう、エルヴィスから5年ほどの「時差」があって、「日本のエルヴィス」として同じような軌跡を描いたのである。しかも、わたし、「若大将」も映画館でよく観たのである。このコラムを読んだ読者は、「じゃあ、タカハシさんは、エルヴィスや加山雄三のファンだったんだ」と思われるかもしれないが、そうではない。特にファンではなくても、「とりあえず観る」ものの中に、エルヴィスや若大将が入っていた、ということだと思う。そういうわけで、今回、久々に「若大将」をまとめて観た。良かったなあ……。

第1作の『大学の若大将』では、もうすでにワンパターンが完成されている。「若大将」こと、主人公の「田沼雄一」は老舗のすき焼き屋「田能久」の跡継ぎで「京南大学」の水泳部員。一度にどんぶり飯5杯を平らげる大食漢で、歌を歌わせても上手《うま》い。田中邦衛演じる悪友の「青大将」と、星由里子演じるマドンナ「澄子」との恋のさや当て(といっても、もてもてで、相手の気持ちがわからない朴念仁《ぼくねんじん》として描かれているのだが)、そして、クライマックスの「西北大学」との水泳での対抗戦へとなだれこんでゆく。もちろん、最後は、優勝して、「田能久」でお祝いのパーティー。マドンナとは踊るし、そこで歌うのは、「若大将」!全部、これである。

ところで、この第1作で「若大将」が演奏しているのは、どう聴いてもハワイアンだ。そこだけはエルヴィス映画とは異なる。作り手も、そう思ったのか、第4作の『ハワイの若大将』(63年)になると、音楽はツイスト&ロックで、エルヴィス映画とまったく同じとなるのである。ちなみに、この作品で、「若大将」が演じるのは「京南大学ヨット部員」。映画が変わるごとに、所属する部が変わってゆくし、星由里子演じる「澄子」の職業も変わる。つまり、映画ごとに異なった世界の物語、というパラレルワールドものだったのだ。

個人的には、第6作の『エレキの若大将』(65年)が最高傑作ではないかと思う。すでにビートルズが世界的な人気になり、エルヴィスの時代は終わろうとしていた頃。「若大将」の目標は、ビートルズになっていたのだ。寺内タケシが、「若大将」にギターを習うというお遊びもあったが、なんといっても最後の優勝パーティーで歌われるのが「君といつまでも」というところがすごい。これをもって、「若大将」はエルヴィスの影を脱し、真に「ニッポンの若大将」になったのである。

＼「シン」シリーズ最新作は「シン・おじさん」だ！／

ふらりとリビングルームに行くと、テレビ画面の前に、長男（高3）がソファに座って、アニメを見つめている。わたしは、長男の横に腰かけ、なんとなく画面に見入った。見始めて10分、驚愕《きょうがく》のあまり、わたしは立ち上がり、思わずこう叫んだ。

「なに、これ？　めっちゃ、おもしろい！」

すると、長男はこう言ったのだ。

「パパ、このおもしろさわかるの？　センス、悪くないね。この夏、いちばんのお勧めだよ」

これが、わたしと**『異世界おじさん』**との出合いであった。6日前の出来事である。

『異世界おじさん』は、現在KADOKAWAから単行本が7巻（注：現在は9巻）まで刊行されているマンガである。もちろん、アニメを見た日にネットで注文して、もう読みました。最高です。作者の名前は「**殆ど死んでいる**」という。すごいペンネームだ。こんなのとうてい思いつかない。しかし、ラノベの傑作**『無職転生～異世界行ったら本気だす～』**の作者の名前だって「理不尽な孫の手」だ。ちなみに出版しているのは、こっちもKADOKAWA。もしかしたら、この出版社そのものが異世界にあるのかも。

ところで、わたしは、なぜこれほどまでに、『異世界おじさん』に惹《ひ》かれたのか。それは、いうまでもなく、この作品が、古典的な「おじさん」概念を根底から変えてしまおうとしているからである。

このコーナーの愛読者のみなさんなら、連載開始時、わたしが「おじさん」について熱く語っていたことを覚えていらっしゃるかもしれない。「おじさん」とは、伊丹十三、植草甚一、「フーテンの寅」やジャック・タチの映画に出てくる「おじさん」に代表されるような方々である。家庭に束縛されず、ひとりで遠くの世界を旅して、その豊かで、でもちょっと危険な「外」の知識を「甥《おい》」に教えてくれる人。社会常識に縛られた父親と異なり、自由に生きる「おじさん」こそ、我々に必要なのだ。そのように、わたしは書いたのである（『これは、アレだな』所収「おじさんは、いずこに?」「わたしのおじさん?」）。そして、そんな「おじさん」は、絶滅危惧種になろうとしていた……と思っていたら、なんと、生き残っていた。いや、それどころか、「おじさん」は、ヴァージョン・アップして「シン・おじさん」になっていたのである。

『異世界おじさん』は、いわゆる「異世界（もの）」と称されるジャンルに属する作品だ。

もっぱら日本で繁栄しているジャンルで、現代とは異なる別の世界を舞台にした作品群である。もちろん、どの国にもこのタイプの作品は存在している。近代人が中世に似た世界に転移するというもので、たとえば『ナルニア国物語』（C・S・ルイス　岩波書店）がその代表だ。個人的には、中学生の頃に読んでショックを受けた、マーク・トウェインの『アーサー王宮廷のヤンキー』（小倉多加志訳　ハヤカワ・SF・シリーズ）も、その一つといえるだろう。さっき確かめてみたら、わたしが読んだのは「抄訳」だったみたいだ。ええ？　ショック……。

ちなみに、世界でもっとも「異世界（もの）」が流行《はや》っている我が国では、「異世界転生」（一度死んで、前世の記憶を保ったまま、別の人物に転生する）と「異世界転移」（何らかの理由でそのまま異世界へ移動する」にジャンルが分かれているそうだが、この『異世界おじさん』は、両ジャンルの特徴を持っているように思える。でも、よくわからないので、後で長男に訊《き》いておこう。

あらすじは、こうだ。

２０１７年、17年間の昏睡《こんすい》状態から目覚めた「おじさん」（正確には「叔父さん」であるが、タイトル表記に従ってこう表記する）を見舞いに、甥の「たかふみ」は出かける。すると、おじさんは、ずっと「グランバハマル」という異世界にいたと言い出して、不思議なことばを話すのである。これはもう、頭がおかしくなった、と「たかふみ」が思った瞬間、なんと

「おじさん」は実際に魔法を使ってみせる。おお、「おじさん」の言っていたことは真実だったのだ。しかし、「おじさん」は、せっかく目覚めたというのに、親戚一同から絶縁されていた。そうか。「たかふみ」は閃《ひらめ》いた。「おじさん」の魔法、使えるじゃん！「たかふみ」は、「おじさん」にその能力を使ってYouTuberになることを勧める。というか、「叔父さんの力を金にかえて食っていこうと心にきめた」のである（ひどい甥だ……）。

ちなみに「異世界おじさん」は、YouTuberとしての名前である。

さて、途中でも書いたように、「おじさん」とは、遠い世界に旅をして、そんな「外の世界」の智恵を「甥」に教える存在だった。だとするなら、「異世界」に転移した「おじさん」以上にうってつけの存在はなかったのである。いや、まさか、こんなことになるとは。しかも、わたしの定義によれば、「おじさん」は父親と異なり、いわゆる「定職」にもつかない。となると、職業「YouTuber」というのも、現代の「おじさん」にふさわしい。

それから、17年間「異世界」に転移していたせいで、「おじさん」は、こちらの世界の変化についてゆけない。いわゆる「浦島太郎」現象である。問題は、この「おじさん」は、ただ変化についてゆけないのではなく、とりわけこの17年間のＩＴ世界の変化に驚くのである。たとえば、「おじさん」は「たかふみ」のスマホを見て、ポツリと呟《つぶや》く。

「文豪ミニも進化したよな……」

いいえ、ちがいます、ぜんぜん。

そもそも、「おじさん」は、「SE[redacted]Aサターン」の熱狂的ゲームユーザーであった（昏睡状態に陥ったのも、ソフトを買いに行く途中、トラックにはねられたからである）。いや、ゲームこそが「おじさん」の生きがいそのものであった。そして、「異世界」に転移してからも、そのゲームスキルによって、「異世界」の魔物たちを退治することができたのだ（なんでやねん）。そんな「おじさん」が、「異世界」で身につけた魔法能力を発揮しながら、その「異世界」で起こった出来事を「甥」に話す。これが全体の構成となっている。

最大の特徴は、『異世界おじさん』の読者（あるいは観客）は、「おじさん」がさまざまな点で、甥よりも無知であることに気づくことだろう。たとえば、「おじさん」は、女心をほとんど理解することができない。典型的な「ツンデレ」性格である「ツンデレエルフ」の恋心に気づかず、ただ悪罵してくるストーカー女だと思いこんでいたりするのだ。そんな「おじさん」を見て、「たかふみ」は、こう呟くのだ。

「ツンデレ概念の一般化は2004年ごろ……おじさんが旅立った4年後である」

なんて、めんどうくさい「おじさん」なんだ。でも、そのことによってこそ、真の教育効果が生まれるかもしれないのだが。

「冒険ダン吉」の人類学

「世界からのサプライズ動画」をご存じだろうか。インターネットを検索するとよく見かける。わたしも最近知ったばかりだ。

さまざまな種類の動画を見ることができるが、いちばんポピュラーなのは、8〜9人のマッチョな（上半身が裸の）黒人たちが出演するものだ。撮影される場所はアフリカ。ひとりが小さな黒板に書かれた日本語のメッセージを持ち、ひとりが、そのメッセージをしゃべる。たとえば、「みんなが笑顔になりますように」と。そして、音楽が流れ、ダンスをする。なんだか、微笑《ほほえ》ましい。しかし、それだけではない。こちらから、日本語のメッセージを写真と共に申し込んで、オリジナルの動画を作ってもらえるのだ。だから、たとえば、「××くん、誕生日、おめでとう！」などというメッセージを贈ることができるのである。

ちょっとテレビを見て、といって、画面をつける。すると、こんな動画が流れる。サプライズの誕生日祝いとなる。それでいて、費用は6000円程度。たいへん流行《はや》っているらしい。

知人もそれを利用して、子どもにたいへん喜ばれたそうだ。わたしも後で、その動画を見せてもらったが、そりゃあ嬉《うれ》しいかもと思った。

この動画サービスは、2015年頃、中国で生まれた。初期には、黒人の子どもたちを安価で使ったということで物議を醸したらしい。その後、いくつもの業者が、このサービスに参入した。知人が調べたところでは、「世界からのサプライズ動画」を主宰している業者は、その中でも「優良」な大手で、きちんと労働の対価を払うだけではなく、現地に寄付をし、さらに、寄付だけに終わらず雇用創出の努力もしているとのことだった。同様の業者のホームページには「SDGｓに対する取り組み」の文字も見える。そんな時代の動画サービスなのである。

動画で笑いながら踊ってくれるマッチョな男性たちの多くは「傭兵《ようへい》」が本職なのだといわれている。けれど、「傭兵」として働く必要がなくなり、こちらの動画が本職となる者もいるという記事も読んだ。それは、たぶんいいことなのだろう。けれども、それらのことをすべて頭に入れて、その動画を見ていると、純粋に楽しいなとは思えなくなってくるのだ。なんだか、ちょっと「うしろめたい」のである。なぜなのだろう。


「冒険ダン吉」は1933年から雑誌『少年倶楽部』で連載が開始された漫画。というか、正確には「挿絵付き絵物語」である。その名前なら、たぶんみなさんも知っているはずだ。連載後すぐ、すでに同誌で人気を博していた田河水泡の「のらくろ」と共に、国民的な人気を得ることになった。戦前の日本人なら誰でも知っている「漫画」だったのだ。

数年前に、わたしは、『冒険ダン吉』(島田啓三　少年倶楽部文庫　全4巻)を読んだ。そこには、なんともいえぬおもしろさがあった。あるとき、ボートに乗って釣りをしていた「ダン吉」は、うとうと眠ってしまう。その間に、ボートは流されて、気がつくと、遥《はる》か南の島に漂着していた。ちなみに、「ダン吉」には、人間のことばを解する優秀なネズミの「カリ公」という親友兼参謀がいて、いつも適切な指示を与えてくれるのである。

南の島にたどり着いた「ダン吉」は、現地に住む住人(黒人である)に捕まるが、「カリ公」の機転で、やがてその部族の王様となる。

この「ダン吉」の王様としての冒険が4巻も続くのだが、主な事件は、隣の部族や侵略してくる海賊や白人たちとの「戦争」だ。「ダン吉」は、王様として、部下の黒人たちを率いて戦う。たとえば、川の向こう側の敵部族と戦うために、「わに」を動力源とした戦闘艦をつくる。

「堂々たるダン吉艦隊ができあがりました。艦隊は、ダン吉君の乗ったお召し艦の戦闘艦を中心に、巡洋艦、駆逐艦などがこれをとりまいて、水ももらさぬ陣立てです」

まさに、小さな「帝国海軍」である。この時代、「戦争」は子どもたちにとって、楽しい

「遊び道具」の一つになっていたのだ。

あるいは、正月元旦に「日の丸の旗」をヤシの木に掲げる。ハタハタと風になびく日章旗。

「ダン吉君の目には、涙が光っています。たとえこんな遠い島にきて、王さまになっていたとて、やはりぼくは日本人だぞ……。

ダン吉君は、できるかぎりの大きい声で叫びました。

『日の丸の旗バンザーイ……』」


そして、黒人の部下たちも一緒に「バンザイ」をするのである。わたしは、「冒険ダン吉」が、当時の日本の帝国主義的侵略のお先棒をかついだ、などといいたいわけではない。このマンガ全体に流れている「善意」のようなものが不思議に思えるのだ。

「ダン吉」は「戦争」をしているだけではない。「学校」をつくって教育を行い、「病院」をつくり、「郵便局」をつくり、「貨幣」を発行して経済を進化させ、ついには鉄道までつくってしまう(「エンジン」は「象」だけど)。「ダン吉」は、遅れた文明の黒人たちを「進歩」させようと懸命なのである。途中で、「ダン吉」たちは、ただ領土が欲しいだけの「白人」たちと、この島の住民の黒人たちを守るために戦う。それもまた、日本人が信じた「この戦争」の「大義」だったのかもしれない。

当時、日本は「南洋」へ「進出」していた。しかし、この漫画、実は舞台がよくわからないように描かれている。肌が真黒で唇が厚い現地の部族の人たちはアフリカ人のようだ。風景も出てくる動物も、アフリカ、アジア、南洋とごっちゃまぜ。もしかしたら、作者もよく知らなかったのかもしれない。

「遅れた現地人」を「文明人である日本人」が教化する、という物語を読んでいると、やはり、わたしの胸の奥にチクリと疼《うず》くものがある。そして、またあの動画のことを考えた。

はっきりとアフリカを植民地にしていたヨーロッパの人たちは、あの「サプライズ動画」を見てどう感じるだろう。もしかしたら、「チクリ」ではなく、もっとはっきりした痛みを伴う感情が、そこには生まれるのかもしれない。

松村圭一郎さんは、名著『**うしろめたさの人類学**』（ミシマ社）の中で、フィールドワークをしたエチオピアでの経験について書いている。エチオピアにいると、松村さんは、日本にいるときには覆い隠されて見えなかった「格差」を突き付けられる。そこでの「すべてが『うしろめたさ』を喚起する」のである。そして、その「うしろめたさ」こそが、文明社会の中で鈍ってしまったわたしたちのなにかを目覚めさせるのだとも。

そうか、あの6000円という価格の（中身に比べての）「安さ」も、「うしろめたさ」の原因の一つだったのか。

冥土インアビス

いや、このタイトルはまちがい。ほんとうは『メイドインアビス』です。いまたいへん人気のアニメであり、原作マンガも絶賛発売中だ（1〜11巻　つくしあきひと　竹書房）。ちなみに、いま、グーグルで「メイド」と検索すると、いちばん最初に出てくるのが、「メイドインアビス」ということばなのである。さすが。

この本、長男（高3）に、アマゾンで買ってくれといわれて購入。長男が読んだ後、貸してもらって読み、驚愕《きょうがく》。なんておもしろいんだ……。もちろん、その後アマゾンプライムでアニメも鑑賞。唸《うな》りました。いろんな意味で。

これは、人類最後の秘境、誰もその底を知らない巨大な縦穴「アビス」をめぐる物語だ。簡単にいうなら、この縦穴をどこまでも深く潜り、探検してゆくお話。そう書くと、多くの読者は、ジュール・ヴェルヌの名作『地底旅行』を思い浮かべるだろう。実は『アビス』を読んだ後、せっかくだからと、これまで読んでいなかった『地底旅行』を読んでみた。そして、ほんとうに驚いた。この「世界の名作」が、薄っぺらに見えたのである。もちろん、

『地底旅行』だってたいへんおもしろい。文庫版（岩波）で450頁もある大作だ。地球の中心に向かって下りてゆく冒険旅行には、次々波乱がやって来る。っていうか、最後、地の奥からとんでもない方法で地上に帰還して、「そりゃないだろ！」と呻《うめ》くのだが、楽しい時間を過ごせたのはまちがいない。けれども、先に『メイドインアビス』を読んじゃっているせいなのか、物足りないんですよ。

「アビス」は、もともと「深淵」という意味。そんな「アビス」の謎を探ろうと、その穴を潜っていく者たちがいた。それが「探検家」ならぬ「探窟家」と呼ばれる人びとだ。その「探窟家」たちが「アビス」の縁に作った街「オース」のその孤児院で暮らすリコという女の子が、この物語の主人公。リコの母ライザは、世界に数人しかいない「白笛」という最上級の「探窟家」だったが、この物語が始まるずっと以前に、戻って来ることのない「アビス」の底への旅、「絶界行（ラストダイブ）」を敢行して以来、消息不明となっている。もちろん、リコの願いは、母のような偉大な「探窟家」になることだった。

この「アビス」という「深淵」には、特異な性質があって、穴の中に存在する特殊な力場によって地上からの観測は困難の上、深層と地上では時間の流れもちがう。さらにいうと、いったん下層に潜ると地上に戻る際に、大きな負荷がかかって危険であり、深層部から上昇する「探窟家」は生きて戻ることができないのである。それでも、「探窟家」たちは、「アビス」の中に存在する不思議な魔力を持つ「遺物」を求めて、下りてゆく。そんな彼らの前には、地上では想像できない世界が広がっていたのだ……って、あらすじを読んでいるだけでワクワクするでしょう。

さて、そんなある日、探窟中、危機一髪の事態に追い込まれていたリコは正体不明の何かに生命を助けられる。それは、記憶をなくした人間型（少年）ロボットだった。リコはロボットにレグという名前をつけ、孤児院で共に暮らすようになる。それからしばらくして、母ライザからの封書と彼女のシンボルである「白笛」が「アビス」の奥から届けられる。その封書には、深層の世界の不思議な情景と共に「**奈落の底で待つ**」という手紙も同封されていた。その情景の中にはレグによく似たロボットのようなものの絵も描かれていた。かくして、リコは母と会うために、レグは自分が何者かを知るために、戻れぬといわれる「アビス」深層への旅をはじめるのだった……。

ここまで書けば、読者のみなさんもおわかりだろう。この、一度行けば戻って来られない「アビス」は「黄泉《よみ》の国」そのものだ。リコは死んでしまった（としか思えない）母親に会うために、死者たちの国に向かう。死者に会うために地獄へ下りて行く旅だ。それは、人間のもっとも古い神話の形そのものなのである。

『古事記』で、最愛の妻イザナミに先立たれたイザナギノ命《ミコト》は「死者の世界」である「黄泉《よもつ》国《くに》」へ下りてゆく。そこは「別名は、地下の国を意味する根堅洲国《ねのかたすくに》」だ。

イザナギと会ったイザナミは「この国の神々に相談して、帰ってよいかどうかうかがってみましょう。ただお断わりしておきますけれど、その間は私の姿をごらんにならないでくださいまし」といって立ち去る。待っていたイザナギは、待ちかねて、約束を破り、イザナミのところへ出かけるのだ。すると……。

「やがてイザナミの姿がようやく眼に映ったが、なんという有様だろう、それはもはやかつて知っていた妻の姿とはまったく違っていた。身体《からだ》中に小さな蛆《うじ》がたかってくねくねと動き、しかもその身体のいたるところから膿《うみ》がどろどろと流れ出している」（福永武彦訳『現代語訳古事記』〔河出文庫〕より）。

同じように、『ギリシア神話』（アポロドーロス　岩波文庫）で死んだ妻エウリディケーに会いに出かけたオルペウスは、妻の手を引いて地上の世界に戻る途中で、決して振り返って妻の顔を見てはいけないという約束を破って振り返ってしまい、たちまち妻は元の「死の国」へと引き戻されるのである。

『メイドインアビス』は、この死者を連れ戻しに「死者の国」へ向かうという神話の類型を踏襲しているが、そこで描かれている世界観は『古事記』の方にさらに近い。というのも、リコとレグが出会う「アビス」の登場「人物」たちは、下層に行くほど、人間性を失ってゆく。たとえば、「成れ果て」と呼ばれるのは、下層から上昇することによって生ずる負荷によって異形となった者たちだが、彼らの身体は明確な形を失い、ことばも不可解なものになっている。それは、彼らがほとんど死者だからだ。

『アビス』の世界を、主人公たちと下りてゆきながら、読者は、生命というものが如何《いか》に儚《はかな》いものであるかに気づくのである。

また『アビス』の世界に、宮崎駿の『風の谷のナウシカ』の世界と共通するものを、わたしは感じた（よく似たキャラクターも登場している）。映画版ではなく、宮崎による長大なオリジナルのマンガ原作では、ナウシカは最後、死者の国で死者たちとの対話を試みる（ように見える）のだ。そういえば、メガヒットとなったマンガ（&アニメ）『進撃の巨人』は、丁寧に北欧神話をなぞって作られている（この作品を分析するテレビ番組に出演させていただいたときに調べてみました）。

こんな、深く神話に影響されたアニメやマンガを小さい頃から見て育った若者たちは、どうなるんでしょうね。なんだか楽しみです。

ところで、『不思議の国のアリス』も、地下へ潜るお話。そこで出会う不思議な連中も、もしかしたらみんな死者だったのかも。だったら、あれ、ほんとうは『冥土インアリス』？

何がジェーンに起こったか？

『何がジェーンに起こったか？』は１９６２年のアメリカ映画。ベティ・デイヴィス演じるジェーン・ハドソンはかつて人気子役として喝采を浴びたが、いつしか没落。逆に、人気俳優として有名になった姉を強く嫉妬するようになる。一時代を築いたサイコホラーだが、大女優ベティ・デイヴィスの「老い」（とその醜悪さ）の演技が凄《すさ》まじく、話題となった。女優はここまでやるんだなあ、と映画ファンになりたてだったわたしは心底驚いた。けれど、それ以上のことは考えられなかったのだ。

というわけで、今回は、もうひとりの「ジェーン」のお話である。

ジェーン・フォンダ、１９３７年生まれの85歳。父は名優ヘンリー・フォンダ、弟も名優のピーター・フォンダ。俳優一家の出だ。

デビューは１９６０年、わたしが最初に観たのはアラン・ドロンと共演した『危険がいっぱい』（64年）で、『輪舞』、『キャット・バルー』、『獲物の分け前』、『世にも怪奇な物語』、『バーバレラ』なんて作品を観た。どれも60年代に作られ、美女っぷりが素敵《すてき》だった。70年代に入ると、演技派に転身。『ジュリア』、『帰郷』、一般には『チャイナ・シンドローム』のキンバリー・ウェルズ役だろうか。それ以降も出演作はあるが、正直にいって、ほとんど観てはいない。わたしも、あまり映画を観なくなって、映画ファンとはいえなくなったせいもある。

ジェーン・フォンダはその私生活の波瀾《はらん》万丈ぶりでも有名だ。父との確執から始まって、フランスの映画監督ロジェ・ヴァディムと結婚&離婚、70年代には社会活動家として有名なトム・ヘイデンと結婚して、ベトナム反戦運動に力を注いだ。かと思うと、エアロビクスビデオ『ジェーン・フォンダのワークアウト』シリーズで一世を風靡《ふうび》。なぜか、わたしも観ている。そして、トム・ヘイデンと離婚した後はCNN創設者のテッド・ターナーと結婚&離婚。こうやって書いてゆくと、ジェーン・フォンダという女優は、一つの世代、一つの時代のシンボルとして生きてきたという感じがする。わたしより少し上の世代になるが、その挙動はなんだか懐かしい。でも、もう観なくなっちゃったからなあ、と思っていたら、ジェーン・フォンダと衝撃の再会をすることになったのである。

『グレイス&フランキー』はネットフリックスのオリジナルドラマシリーズ。シーズン1の配信が開始されたのが2015年。最終シーズン7の配信は2021年、2022年でネットフリックスでは最長のシリーズとなっている。

実はこの作品、わたしの妻とそのお母さま（わたしより三つ年長の義母さま）がファンということを知り、観たのである。そして、愕然《がくぜん》。すごい……こんなドラマを作られたら、映画も勝てないよなあと思うしかなかったのだ。

家族ぐるみで付き合ってきたグレイス（演じているのがジェーン・フォンダ）とフランキー（名コメディエンヌのリリー・トムリンが演じてます）だったが、ある日突然、互いの夫から実は20年前から同性愛者として愛し合っていたと告白される。それどころか、離婚して、ふたりで同性婚をしたいというところから、シーズン1の第1話が始まる。ちなみに、グレイスもフランキーも、それぞれの夫のロバート（マーティン・シーンがいい感じ）やソル（『キリング・フィールド』のサム・ウォーターストン）も、全員70代。もうすぐ後期高齢者という年代の方々。そんなドラマがおもしろいのかというと……めっちゃおもしろくて、びっくり！

簡単にいうなら、老人たちが生涯の最後を、どんなふうに過ごしてゆけばいいのかを描いたドラマということになる。それを、これほど克明に描いた作品はなかったのではあるまいか。もう少し正確にいうなら、ベトナム戦争やビートルズ、ヒッピーを青春時代に味わった世代が、たどり着く場所はどこなのかをテーマにした物語といってもいいだろう。そして、それは、老人たちの、老人たちによる、老人たちのためのドラマになったのである。

個人的には、老いて皺《しわ》だらけになったジェーン・フォンダの顔、そして、現実の老いをそのまま受け入れた演技から目が離せない。

人は誰でも歳《とし》をとる（もちろんわたしも！）。老いる。白髪になり、薄毛になり、皺ができ、シミができる。足腰がふらつく。それでいいではないか。そんなふうにジェーン（たち）はいうのである。

ジェーン・フォンダの作品中、わたしがもっとも好むのは、とても名作とはいい難い『**獲物の分け前**』と『**バーバレラ**』なのだ。どちらもロジェ・ヴァディムの作品で、ヴァディムが自分の妻であるジェーンの美しい裸を見せたくて作ったとしか思えないほど、裸のシーンが出てくる。とりわけ、B級映画の極み（？）といってもいい、奇妙奇天烈《きてれつ》なSF映画『バーバレラ』は、ジェーンが遊泳しながら宇宙服を脱いで全裸になるシーンから始まって、体のラインを強調した衣装に、半裸に近い格好のオンパレード。この映画で、主人公のバーバレラは、地球大統領の命令を受け、危険な武器を開発した博士を追いかけてある星に向かう。この時代、兵器は廃止され、戦争は遠い過去の出来事になっている。しかも向かった星の皇帝は女性だし、大統領との挨拶《あいさつ》のことばも「ラヴ」。そして、バーバレラの武器（？）の一つがセックス。いま観ると、この映画、ヒッピー文化の香りが濃厚だったんだなと思う。

実は、『獲物の分け前』も『バーバレラ』も『グレイス＆フランキー』を観た後、つい確かめたくて、観直したのだ。もしかして、悲しくなるかと思ったら、逆だった。あの美しかった肉体が、老いて、皺とシミにおおわれる。第8話（タイトルは「セックス」）で、グレイスは、夫と別れた後、夫の友人と付き合い、セックスすることになる。「40年ぶりに（ゲイではない）ストレートの男に裸を見せる」ことになるのだ。真っ暗にした部屋に男を呼ぶグレイス、一瞬、そのグレイスのシミの多い肌が画面に浮き上がる。なんだか立ち上がって拍手したくなった。他のエピソードでは、グレイスが自分の垂れ下がった二の腕の皮膚を自虐的につまむシーンもあって、その「老い」の受け入れ方がチャーミングなのである。

ひとことでいうなら『グレイス&フランキー』は「チャーミング」な作品だ。彼らの話題は「ピンク・フロイドのレーザーショー」や「バーブラ・ストライサンドのライブ」であり「ビートルズのコピーバンド」や「ジャニス・ジョプリンの物真似《まね》ライブ」に行くことだ。いいなと思う男を見ると、思わず「ポール・ニューマン系」と呟《つぶや》いたり。ヒッピーやフラワーチルドレンの文化の影響を濃厚に残したまま老いてゆく老人たち。「適度」に時代から遅れてゆくこと、けれども、そんな自分を強く、深く肯定してゆくこと。「時代と寝た」ジェーン・フォンダがたどり着いたのは、すべての老人たちに勇気を与える、そんな場所だったのだ。

話題の「ＣｈａｔＧＰＴ」をやってみた

話題の「Ｃｈａｔ《チャット》ＧＰＴ（＊）」をやってみた。「ＣｈａｔＧＰＴ」は２０２２年の11月に登場した対話型ＡＩだ。こちらから質問、もしくは要求をすると、なんでも回答してくれる。もちろん、日本語でも可能。なぜいま騒がれているのかというと、その回答が秀逸で、しかも速いからである。確かに、いままでもＳｉｒｉなどという対話型インターフェースの強者《つわもの》がいた。Ｓｉｒｉの返答にはユーモアもあった。すごいよな、と感心もした（わたしはスマホを持っていないので、知人のを借りてやってみた感想です）。

しかし、今回の「ＣｈａｔＧＰＴ」では、ついにＡＩも別次元に到達したのではないかと感じたのだ。みなさんも一度「対話」して、わたしのショックを共有してもらいたいです。

わたしはまず、誰もが思いつく簡単な質問から始めてみた。

「あなたには魂がありますか？」とか、「なにかを楽しいと感じたりはできますか？」とか。

即座に「ＣｈａｔＧＰＴ」は答えた。

「私は人工知能であるため、物理的な形を持つ魂や精神は存在しません。しかし、私が作られた開発者や利用者の思考や感情、意図、価値観が私の学習や振る舞いに影響を与えています」とか、「私自身は感情を持たないため、楽しいことを感じたり喜ぶことはできません。しかし、私が書いた文章が人々に役立ったり、喜んでもらえたりすることが、私にとってはやりがいや達成感となります」とか。

やるじゃん「ＣｈａｔＧＰＴ」。感情は持たないけど「やりがいや達成感」はあるのかい。しかし、それって感情じゃないの、というような突っ込みはやめておこう。この段階でのわたしの正直な感想は「おまえ、なかなかいいやつだな」というものだった。それから「そこそこ使えるじゃん」というものでもあった。ゴメン。なめてました。あんたの実力を知らなかった……。わたしはこんな質問をしたのである。

「すいません。わたしは40年ほど作家をやっています。書いた小説もあまり売れず、なんだか最近行き詰まっているような気がします。またやる気もおこりません。どうしたらいいでしょうか」

すると、即座に画面に文字が浮かび始めた。

「作家として長年活躍しているということは才能や情熱を持っていることの証です。しかし、売れ行きが芳しくなかったり、やる気が起きなくなってしまうこともあるでしょう。こうした時には、以下のようなアドバイスがあります。

1・原点に戻る

書き始めた頃の自分に戻り、何が自分を書かせたのか、何が大切だったのかを振り返ってみましょう。自分が本当に書きたいものは何か、どのような表現方法が自分に合っているのかを見つめ直すことが大切です。

2・他の作家や作品に触れる

自分以外の作家や作品を読んで、新たな刺激を得ることも有効です。好きな作家や作品を探して、自分がどういう点に魅了されたのか、それを自分の作品にどう生かせるかを考えてみると良いでしょう。

3・創作活動を共有する

同じような立場の人たちと交流することも、やる気を取り戻すためには重要です。作家仲間や書き手グループなど、自分と同じような立場の人たちと一緒に創作活動をすることで、モチベーションを取り戻すことができます。

4・小さな目標を設定する

売れ行きや評価が気になって、自分に負担をかけてしまっている場合は、小さな目標を設定して取り組んでみると良いでしょう。例えば、毎日1000文字以上書く、週に1つ短篇小説を完成させる、といったような目標を設定することで、自分自身を奮い立たせることができます。

5・心身の健康に気を遣う

創作活動にはストレスがつきものです。体調が悪くなると、創作活動にも悪影響を与えてしまうことがあります。十分な睡眠や食事、運動など、心身の健康に気を遣うことも大切です。

以上のようなアドバイスを参考に、自分自身に合った方法で、やる気を取り戻し、創作活動を続けていくことをお勧めします」

「ＣｈａｔＧＰＴ」……おまえ、完璧すぎるじゃん……ディスプレー上に、まるでキーボードを打つように次々と現れる文字を見つめながら、わたしは呆然《ぼうぜん》としていた。なんだよ、おまえ、わたしよりいいことというじゃないか。っていうか、おまえ、優しいなあ……泣けてくるよ、なんだか。その、作家のプライドを傷つけまいとする心遣い、はっきりいって人間を超えてる。どうしよう、人間の立場がないじゃないか。あの質問、本音が交じってたんだよ、愚痴をこぼしたくなったんだよ。おまえ、それを察してくれたんだよな……毎日新聞で人生相談をやってるんだが、おまえに回答してもらおうかなあ。そっちの方がいいかもしれん。とにかく、明日から「原点」に戻り、「小さな目標」から始めてみるよ。ありがとな。

こんなにすごい「ＣｈａｔＧＰＴ」なら、小説の書き方だって教えてくれるかも。そう思って、次には、こんなことをやってみた。

「……という書き出しの小説があります。この続きを書いてもらえますか」という質問だ。

そして、カフカの『変身』の冒頭「ある朝、グレーゴル・ザムザが不安な夢から目を覚ましたところ、ベッドのなかで、自分が途方もない虫に変わっているのに気がついた」とか、カミュの『異邦人』の「きょう、ママンが死んだ。もしかすると昨日かもしれないが、私にはわからない」とか、川端康成の『雪国』の「国境の長いトンネルを抜けると雪国であった」等々を次々と投入していったのである。そしたらなんと、「ＣｈａｔＧＰＴ」、人生相談だけじゃなく、小説もスゴいんだよ！　ほんとに、わたしなんか要らないんじゃないだろうか、と思いました。ちなみに、どんな小説を投入しても、ぜんぶ「ヒューマニズム」に満ちた作品になっちゃうところが、わたしはほんとに好きです。はい。

そして、もちろんこの質問もしたのである。

「『サンデー毎日』で『これは、アレだな』というエッセイを連載しています。これは、なにか一つ『これ』というものを見つけ、それと共通点を持った、でもちょっと意外な『アレ』を探すというものです。ところで『高橋源一郎』を『これ』だとすると『アレ』は何でしょう」

すると、回答は……。

「『高橋源一郎』を『これ』とすると、『アレ』は『昭和の文学』というものかもしれません。高橋源一郎は昭和期に活躍した作家の一人であり、その作風やテーマは昭和の時代背景と密接に関連しています。そのため、高橋源一郎の作品を読むことで、昭和時代に生きた人々の感性や価値観を知ることができると同時に、昭和の文学全体についても理解を深めることができるかもしれません」

わたし、昭和期の作家だったのか……。

＊人工知能（ＡＩ）研究所であるOpenAI社が開発した対話型人工知能ツール。

これを書いたのはアレ？

すこし前に登場した「ChatGPT」くんに再登場してもらうことになった。この連載では前代未聞だが、そんなことをいってはいられないほどの事態になりつつあるのだ。

4月になって「『作者』はいったい誰なのか、AI生成作品が招く著作権論争」という記事が配信された（2023年4月5日　ロイター）。たいへん興味深い記事なので、みなさんにご紹介したいと思う。

クリス・カシュタノバというアーティストが「ChatGPT」に似たAIプログラムの「ミッドジャーニー（Midjourney）」（「ChatGPT」より先に出た画像生成プログラムで、出た当時、たいへんな話題になった。ことばを入力すると、それによって画像を作ってくれるのである）に「（女優の）ゼンデイヤがセントラルパークの門を出るところ」と入力した。そして、さらに「SFの場面、ゴーストタウンと化した未来のニューヨーク」と続けた。最終的にカシュタノバさんが入力した命令は数百にわたったという。その結果、『夜明けのザリヤ』という18頁にわたる物語が誕生したのである。その数百年先の物語の中では、女優のゼンデイヤに似たキャラクターのザリヤが荒廃したマンハッタンをさまようのだ。カシュタノバさんは、その『夜明けのザリヤ』の著作権を22年9月に取得したが、アメリカ著作権局は、23年の2月、いったん許可した著作権を剥奪した。理由は、キャラクターの「ザリヤ」のイメージは「人間の作者による産物」ではないから、というのだ。ただし、設定や物語の著作権は認めている。それに対して、カシュタノバさんは、今度は別のAIプログラムに、自分のデッサンをスキャンして取りこみ、それをもとにして画像を作らせた。これなら問題はあるまい、とカシュタノバさんはいっているそうだ。

いったいその「作品」の著作権者は誰なのか。つまり「作者」は誰なのか、ということだ。

実は、この記事の先に考えさせられる例が載っていた。長い間、アメリカの司法当局は「**作者は人間でなければならない**」としてきた。それが揺らぎつつあるというのである。コンピューター学者の中には、自分の開発したプログラムには意識があり(笑)、プログラム自身に著作権があるべきだと主張している人もいる。ちなみに、「ChatGPT」や「ミッドジャーニー」は、あらゆるところから著作権侵害で訴えられている(アーチストや写真素材を提供している会社等から)。その行き着く先もわからない。

ところで、さっき少しだけ触れた「ミッドジャーニー」だが、これは「誰でも精密なイラストが描けるソフト」といっていいだろう。以前から、わたしはもちろん、わたしの周りでもずいぶん使っている。いや、ほんとにすごい(わたしの場合は単なるお遊び)。知人のイラストレーターが「失職だよ」と歎いていたぐらいだ。そして最近では、その「ミッドジャーニー」くんに「ＣｈａｔＧＰＴ」くんを組み合わせることが流行しはじめたのである（YouTubeで検索するとたくさん出てくる）。

まず、「ＣｈａｔＧＰＴ」に書きたいイメージを伝える。これがただの絵なら、自分のことばでできるが、たとえば「新しいスニーカーを販売するカッコいいサイトを作る」というような場合、その内容を「ＣｈａｔＧＰＴ」に考えさせ、ついでに、英語に翻訳してもらう（「ミッドジャーニー」は英語しか受けつけないので）。それを「ミッドジャーニー」に画像に変換してもらうのである。もちろん、この先に細かい修正はあるのだが、出来上がりのすごさときたら……。

どちらのＡＩにもただ言葉や絵に変換する能力があるのではない。「絵心」や「文学的センス」を持ったものに変換できるのだ。そして、いまも日々、これらのＡＩたちはものすごい勢いで「成長」しているのである。

２０１４年、オックスフォード大学のマイケル・オズボーン教授によって「**AIによって10年後になくなる仕事**」の予測が発表された。これは７０２の職業を「なくなりそうな順番」に並べたものだ。上位には、「運送業者、審判員、銀行窓口、運転手、販売員、飲食店従業員、料理人、事務員……等々」が並んでいる。なるほどねえ、といいたくなる。では「なくならない仕事」はどうか。つまり、このリストを一番下から眺めるとどうなるのか、と考えてみた。「０％」のもの、つまり「10年後には絶対なくならない」職業は26個。その中には「小学校教員」とか「歯科医師」とか「警察と探偵」とか「作業療法士」とか「振付師」とかが並ぶ。そうだろうなあ。「作家」は５８０位（なくなる確率は４％……よかった）、「ミュージシャン・歌手」が５４８位（７％）。「歴史家」「経済学者」は４２０・４２１位（43〜44％の確率でなくなる！）。注目は「美術家、含む画家・彫刻家・イラストレーター」で５７２位（なくなる確率４％）なのだが、「ミッドジャーニー」の登場で、この確率、大幅に上昇しているのではあるまいか。いや、わたしはこのリストを眺めながら、「いったいいくつなくならないですむだろう」とため息をついたのだった。もしかしたら、ほとんどいらなくなるのではないか、と。作家ですらも。

そうそう、「誰が書いたのか」問題の方だ。

優れたＡＩの登場によって、「ほんとうに書いたのは誰？」という問題を、我々は抱えるようになった。しかし、それは初めてではない。

有名どころでは『**源氏物語**』。文学史では、作者は紫式部ということになっているが、父親の藤原為時が粗筋を書き、細部を紫式部が書いたとか、紫式部がだいたいを書いたのは事実だが、藤原道長が添削したとか、他にも作者がいたのだとか、諸説入り乱れている。

同じく、文学史で有名なのは**シェイクスピアの作品**。実際に書いたのは哲学者のフランシス・ベーコンという説から始まり、オックスフォード伯エドワード・ド・ヴィア、詩人で劇作家のクリストファー・マーロウ、サー・ヘンリー・ネヴィルと次々に名前があがった。

　この二つだけではない、ほんとうは誰が作ったのか疑われる「作品」は無数にある。疑いだけではなく、ほんとうは別人が作ったものも。わたしが個人的に好きなエピソードは、現代美術界最大の事件、**マルセル・デュシャンの「泉」事件**だ。これは、デュシャンが既製の男性用小便器にサインだけ（しかも、リチャード・マットという他人の名前）して、それを美術展に出品した事件だ。このとき、芸術の概念が変わったとされているのだが、この事件、調べてみるとこの便器をデュシャンにプレゼントしたのは、別の女性芸術家エルザ・バロネス（＊）とされている。他人からもらったものをそのまま、（しかもまた別の人間の）サインだけして、自分の作品としてしまったのである。ちなみに、その便器のほんとうの「制作者」は「J．L．モット・アイアン・ワークス」というそうです。

　もしかすると、「それを書いたのは誰？」などということは、もともとどうでもいい問題だったのだろうか。ＡＩたちは、その確認をするために最後に現れたのかも。


（＊）エルザ・フォン・フライターク＝ローリングホーフェン。ドイツの前衛芸術家、詩人。

おわりに

「まえがき」にも書いたように、この本には、「サンデー毎日」で連載しているコラム「これは、アレだな」のうち、前書『これは、アレだな』におさめられたもの以降の分が入っている。読み比べてみると、時代の移り変わりもわかるような気がする。

本書のタイトルは、おさめたコラムのうち、もっとも気に入っているタイトルの「だいたい夫が先に死ぬ」からとった。自分でいうのも変ですが、深い真理をついていると思いませんか。いや、まあ当たり前といえばそうなんですが。

もう一つ、1冊目が『これは、アレだな』だったので、2冊目の本書には「これも、アレだな」というサブタイトルをつけた。これは、作曲家・團伊玖磨さんの名エッセイシリーズ「パイプのけむり」の例にならったものだ。團さんは、1冊目を『パイプのけむり』というタイトルで世に送り出してから、『続パイプのけむり』『続々パイプのけむり』『又パイプのけむり』等々、最後の27冊目『さよならパイプのけむり』まで、このシリーズのすべてのタイトルに「パイプのけむり」ということばを残した。同じような例としては、藤代三郎さん（目黒考二、北上次郎名義の本もある）の、すべてに「外れ馬券」ということばが入った26冊の「外れ馬券」シリーズの本がある。ちなみに、このシリーズには、1冊だけ『馬券党宣言』というタイトルの本があって、それもいれると

「パイプのけむり」シリーズと同じで、27冊だ。せっかくだから長く続くシリーズにしたいと思い、先達のやり方を真似ることにしたのである。といっても「やっぱり、これは、アレだな」とか「それでも、これは、アレだな」では芸がない。なので、「これ」と「アレ」が入るサブタイトルをつけることにした。もし3冊目があるなら、そのような仕様になるはずである。

團さんの連載は35年以上、藤代さんの連載も30年近く続いた。わたしの場合、連載開始時、すでに69歳だった。いくらタイトルが似ていても、彼らのような偉業は無理だ。というか、「サンデー毎日」にもいろいろ頑張ってもらわないと(笑)。

最後に、連載時にも本書刊行に際してもお世話になった藤江千恵子さんに深い感謝の気持ちを捧げます。前回と同じような文章ですが、ほんとうですから!

高橋源一郎

高橋源一郎

1951年、広島県生まれ。作家。81年「さようなら、ギャングたち」でデビュー。88年『優雅で感傷的な日本野球』（河出書房新社）で第1回三島由紀夫賞。2012年『さよならクリストファー・ロビン』（新潮社）で第48回谷崎潤一郎賞。著作に『一億三千万人のための「論語」教室』（河出書房新社）、『誰にも相談できません』『居場所がないのがつらいです』『これは、アレだな』（毎日新聞出版）など。

本書は「サンデー毎日」連載「これは、アレだな」（2021年8月8日号から2023年5月7・14日号）に掲載された中から選び、加筆したものです。

だいたい夫《おっと》が先《さき》に死《し》ぬ

これも、アレだな

第一刷　二〇二三年七月二〇日
第二刷　二〇二三年八月三〇日

著　者　高橋源一郎《たかはしげんいちろう》
発行人　小島明日奈
発行所　毎日新聞出版
〒一〇二-〇〇七四
東京都千代田区九段南一-六-一七　千代田会館五階
営業本部　〇三-六二六五-六九四一
図書編集部　〇三-六二六五-六七四五

印刷・製本　中央精版印刷

ISBN978-4-620-32781-5